安心録

「ほどほど」の効用

曽野綾子

祥伝社黄金文庫

文庫本のためのまえがき

先日、青春の生き方について夫と喋《しゃべ》っていた時、或《あ》る人の告白（と言ってももう友人たちの間では、公然たるエピソードになっているものだが）の話が出た。その人は誠実すぎるほどの性格で、私は今でも深く尊敬しているのだが、彼は若い時、陸上の選手であった。ところがリレーのアンカーに選ばれて走る時、対抗の選手があまりに速いので、それまで首位でバトンを渡されたのに、自分が抜かれるのはまちがいないと思ってしまった。

まともに走って抜かれるより、自分がゴール前で転べば、それは不慮の事故として皆も認めてくれるであろう。

そう思って、彼はその通りにした。もちろん大レースではなし、誰も彼の行為や負けたことを本気で非難した人はいなかった。しかし彼は後々までそのことを深く悔《く》やみ、心の傷になってしまった。

私はその話を初めて聞いたのだが、私の考えは次のようなものである。

その話——意識的に転んだ、という話は、半分本当で半分嘘だ、と私は思うのである。嘘だ、というのはその人がわざと嘘の話をしたというのではない。

まずいなあ、今回は追い抜かれそうだなあ、と思うと、人の心の中には、転んでしまいたいなあ、そうすれば責任逃《のが》れができるだろうなあ、というような感情が自然に湧《わ》くのである。私は何ごとでも百パーセントということを信じない。いっそのこと転べばいいなあ、と思いながら走り通してしまう場合もあるだろうし、走っているつもりでも、そうした不純な思いが頭を過《よぎ》ったばかりに、脚が縺《もつ》れるのを本気で修復できなくなる時もある。だから半分本当で半分嘘なのである。

つまり私だったらそのような結果を自然に自他共に認めてしまう。「悪かったわね。でも転んでほっとしたんだわ。私としては……まともに走っても、確実に負けてたんだから」と公言して憚《はばか》らないのではないかと思う。しかし誠実な人ほど、私のような善悪半分半分の原因や結果などというものを認めない。

私はこのような人間の狡《ずる》さと愛らしさを、実は宗教から学んだ。聖書は「神ひとりのほかによい者はいない」(『ルカによる福音書』18・19)とはっきり書いている。つまり人間というものはすべていい加減なものだ、ということである。この本の根源は、案外ここから出ているのかもしれない。

岩肌をしたたり落ちる大河の最初の一滴は清純そのものだが、川の流れが次第に大きくなるにつれ、不純物が紛《まぎ》れ込むのも事実である。その不純な部分が紛れもない人間性なのであり、個性の味なのであり、また私の本質なのだと思って、寛恕《かんじょ》して頂きたいと願うばかりである。

二〇〇四年八月

曽野綾子

まえがき

この本は自己弁護の書になってしまったのかもしれない。

しかし考えてみれば、自己弁護こそは、人間の存在の基本的な情熱だから、私の姿勢も古来、延々と続いて来た極《ご》く普通の人間の生きざまを大きくはみ出てはいないことになる。

私の友人の一人は、昔フランスで子供を育てることになった。もちろん日本語しかできなかった子供を、土地の小学校に通わせることに、彼は危惧と興味との双方を抱いていた。そしてしばらくして彼は私に笑いながら結果を教えてくれた。

「息子がどんな言葉を真先に覚えて来たと思います？　『それは僕のしたことじゃないよ』ということでした。フランス人の自己主張はすごいですねえ」

人間は、どこでも、生きている限り、他人から文句を言われると、つべこべ自己弁護をするようになっているのだろう。時には見え透《す》いた嘘をついても自分の責任を逃《のが》れようとする。嘘はその瞬間の厳しさを逃れるためだし、さぼるのは何とか息切れせずに生涯を終えるためである。その卑怯《ひきょう》さを自分にも他人にも許さないと、最終的に生きていけない。

「ほどほど」とは、それがかなりうまく行った場合の、むしろ褒《ほ》め言葉だと思う。卑怯さも、バランス感覚も、諦《あきら》めも、思い上がりも、謙虚さも、すべて中庸を得ていない、と、「ほどほど」にはならない。

「ほどほど」は凡庸さの結果ではあるが、実は意外にも、凡庸ほどむずかしいことはない。だから「ほどほど」にさえうまく振る舞える人は、私をも含めてめったにいないのだ。

だから、人間は死ぬ時、ただ一言「ゴメンナサイ」と言って別れを告げたらいいのだろう、と思う。「ほどほど」に生きたら、どこかで必ず悪いことをしているのだし、人は自分は「ほどほど」でも、他人の「ほどほど」は許さないものかもしれないからである。

二〇〇〇年一月

曽野　綾子

目次

2 「ほどほど」に生きる知恵……35

1

誰もが「自分」の主人公になれる

「この人には敵《かな》わない」と思われる人とは

先生は優しい温和な方で、恐らく一生に一度も声を荒《あら》げたことのない方ではないかと思います。それは一つの偉業ですし、それをおできになっただけでも、佐川先生の一生は、大成功だと思うのです。

「ブリューゲルの家族」

〈私、他人と自分の区別がつかない人とは付き合えないもの。人の生活がよく見えていつも妬《ねた》んで悪口言っているような人も嫌い。そういう人、想像力が不足しているからなの。それから、右に倣《なら》えで組合の指示に従うような人も嫌。選挙で投票する人まで、何で人に命令されなきゃいけないのかわからないもの。

でも自分で自分の名前を書けて、自分は自分、と思えたら、もう人生半分くらい成功してるわ。学校なんか落第してもよ〉

「夢に殉ず（上）」

気楽に人の下に立てる人は、むしろ静かな自信を持つ人である。古い言葉で言えば、「一芸に秀でた人」であり、当世風に言うと「自分の世界を持っている人」だ。

自分の専門分野さえしっかりと持っていれば、他のことはおもしろがって「知らない」と言え「教えてください」と頼むこともできる。

大きな物理学の法則を発見したような人が、総理大臣と自分がどちらが偉いかなどという下らない比較をすることはないだろう。二人の立場は全く機能が違うから、比較する必要がないのである。　　「二十一世紀への手紙」

愚直の対象は、大体の場合、困る面もあるのだけれど、どうも、私が見ているところによると最後に勝ちをおさめるんですね。手前のほうで軽薄な我々は、あの人は才能がないとか、十年一日だとか、鈍感だとか、勘が悪いとか、変わり身が遅いとかなんとか言うんですよ。だけど、私は何か一筋っていう人をみると、これは敵《かな》わない、降伏してもいいっていう気になるところがあるんですね。

「人はみな「愛」を語る」

自己表現とは「いばる」ことではない

頭のいいことだけが力ではない。愛嬌《あいきょう》のいいことも、陽気なことも、歌が上《う》手《ま》いことも、ダンスのセンスが並みはずれてあることも、力持ちなことも、いざという時に落ち着いていることも、すべて力である。

中でもすばらしいと思うのは、苦しみに耐える力と、人を許す心である。

「二十一世紀への手紙」

学歴にしがみつく人は、ほんとうは劣等感の塊《かたまり》なのだろうに。

「運命は均される」

主人は物知りを自認していました。そして自分の知っていることを知らない人を侮蔑し、自分の知らないことを知っている人に対しては、非常に不機嫌になりました。ですから、私はとにかくものを知らなければよかったのです。

「ブリューゲルの家族」

大学の見学は、私の意識に埋もれているひがみや嫌らしさを掘り起こすことが多かった。私は今でも、アカデミックな学問にアレルギー反応を起こす。自分はその手の人間ではない、と思っているせいなのである。別にアカデミックでなくても生きて行かれるのだ。さらに正直に言うと、アカデミズムを振り回す割には、実はそれほどの才能も知識もなさそうに見え、退屈で権力志向の強い人にもたくさん会った。だから大学が無条件でいいところだなどとは思えないのである。ましてやその入れ物を見せられても何の感動も湧《わ》かない。

「部族虐殺」

今までの私の観察では、自分が勲章がほしくて仕方のない人ほど、勲章制度に反対を唱える。権力主義者の一つの裏返しの表現のように思える。

「自分の顔、相手の顔」

しかし最も疲れるのは、人権について討議することだとこのごろ思うようになった。

人権は「討議」するものではない。人権はそれを意識もせず、重んじていますなどという態度も示さずに、すべての他者のおかげで生きている自分を自然に認識していることである。

「部族虐殺」

祖父は威張る人を嫌ったが、同じ程度に、自分自身を罪人扱いにする人も嫌った。罪意識の過剰も、偽悪者ぶる人も、自殺を図ったり病気を治そうとしない人も、共に嫌った。自然でもないし、素直でもないからだ。ありのままに自分を見るには勇気《アレーテー》が要るが、勇気《アレーテー》はすなわち徳《アレーテー》なのである。　「アレキサンドリア」

自分の言葉であれば失言を恐れることはない

この頃よく「まことに遺憾であります」という表現を聞くけれど、あれはどうも態度が悪いと思う。人は失敗をするものだが、その時は「ごめんなさい」「許してください」――「これから気をつけます」と言うのが、小学生みたいだけれどいいような気がする。　「運命は均される」

言語というものは、誰にもわかってもらうために、書いたりしゃべったりする伝達の手段である。そのために作文や正しい字を書けるための書取の練習をする。わかってもらうように努力するのは、謙虚さの現われである。

「二十一世紀への手紙」

午後、英文パンフレット作成のためのインタビュー。作家の生活と日本財団の会長の生活とどう変わったか、という質問なので「もう少し質問の内容を説明してください」と言うと、「たとえば大統領などに会うようになったでしょう」と言うので、「作家だけの時でも、時たまは大統領という名の方にお会いしたこともありますが、作家にとってはどなたでも同じです。大統領でもホームレスでもサラリーマンでも全く同じ大切な興味の対象です。大統領だから特別というわけではありません」と何だかひどく相手の期待に応えない返事をする。私はこういう点、特に勘《かん》が悪いらしい。

「運命は均される」

「私ね、この頃自分が自立してると思えなくなって来たの。あなたは、人に悪く思われて怖くないのよね。どうして平気でいられるの？　私はだめだわ」

「どうして怖いのさ」

翔はのんびりと言い返した。

「悪く思われたってよく思われたって、僕は僕じゃないか。人の評価とは関係ないよ。人がいい人だって思ってくれたって、実際はそれよりいい加減な面も狡《ずる》い面もたくさんあるし、人が非難したって、僕の本質はそうじゃないこともある。だから、噂っていうものは、所詮、雑音」「夢に殉ず（下）」

人は「善良なものだ」という落とし穴にははまらないこと

進歩的な人々はよく、誰かを告発するが、私は告発だけはしたくないのである。なぜなら、悪いから告発するという精神の背後には自分はそうでない、という暗黙の思い上りがあり、人間はほっておいても「善良なものだ」という甘さがある。

しかし私は、人間は容易に悪くも狡くもなれるのであり、それは一国の支配者から庶民まで例外ではない、と思っている。つまり私がその場におかれたなら、「悪い人」と同じことをやるだろう、という絶対に近い自信がある。その意味で、私は自分のいい加減なカトリックの信仰に照らしても、進歩的文化人のようになったら終りだと思っているのである。いや少なくとも、善人か悪人かをはっきり分けねばならぬような心理になったら、私の小説が今より更《さら》にだめになることはまちがいないだろう。小説書きというものには、永遠の迷い、永遠の歯切れの悪さ、永遠の卑怯さと弱さ、の自覚が必要欠くべからざるものだ、と感じているからである。

「ほんとうの話」

現場で働く人はもちろん大切だ。しかし後方で、政治的な対策をこうじたり、物資の手配をしたり、通信を受け持ったりする人も同じくらい大切だ。人は皆、自分の持ち場と特技で働くことだ。自分の働きだけが本物で、他人の仕事はたいしたことはない、と思うことほど嫌らしいものはない。　「自分の顔、相手の顔」

主人は気を許している時には、いつも不機嫌な声を出す人でした。同じ言葉を喋るのですから、どうして耳に快《こころよ》いような声を出せないものだろうか、と私は何度も思ったものでした。　「ブリューゲルの家族」

人間はもともと何も持たず、病気になれば弱いもので、物質と同様古びていくものなのである。それで私たちは少し手入れする。醜い姿を衣服で隠し、古びたものは経済の許す範囲で時々新しいものに取り替えて気分を入れ替え、命令系統を示すために、部長の机は課長の机より少し高級なものにしたりする。

すべてのことは、笑っていればいい程度のつまらないことだ。

地位にある人に対する恭《うやうや》しさは、その人がそのポストに留まる限りのことである。部下がお辞儀をするのは、上役のその人の人格に対してではなく、自分に月給を払ってくれる会社の機構に対してなのである。

「官僚というものは小心なものなんですよ」と私に解説してくれた元高級官僚がいる。いばれるのも、そのポストにいる間だけだ、ということを知っているからだという。しかし知っていていばるというのは、愚かで醜くてどこか悲しいものだ。

「自分の顔、相手の顔」

私は、若いときに嫉妬と虚栄心を、一番怖れていました。だけど、実際の人生では一番なかったですね。というのはなぜか。まず第一に、嫉妬がなかったというのは、自分にはできることとできないことがあることがすぐわかってしまった。それが嫉妬を取り除く最大のものでした。

それから、たとえば、文学的才能にしても、私は志賀直哉《しがなおや》さんの短編が好きだったから、一生懸命、志賀直哉になろうとして、志賀直哉的短編を書くことがうまくできたとする。そして、小説の神様みたいになれたとする。しかし、志賀直哉がいる以上、もう志賀直哉は要《い》らないんです。だからそういう意味で、嫉妬になりようがない。自分というものがあれば。

同じことで、虚栄心というのも、すぐバレる。

もちろん小さな虚栄心は常に残りますし、小さな嘘なんて数えられないほどついたと思います。だけど、バレますからね、大抵のことは。だから、やめました、というか、やめるようにしてます。労多くして功少ないものというのはまさにこの二つですものね。

「人はみな「愛」を語る」

佐藤は、青木の温厚ぶりを褒めてくれたが、青木自身は自分が抑えて抑えてものを言い、いつも心にない穏やかそうな微笑を浮かべているのは、つまり人からよく思ってもらいたい、という卑屈さから出ているのだということを薄々知っていたから、却《かえ》って惨《みじ》めになるのであった。「父よ、岡の上の星よ」

自分にとっての「真実」が人と違っていてもかまわない

最初の人には雇い主は一日一デナリ払うと約束しました。あとの十時、十二時、三時、五時に雇った人には何も約束していない。払うときになるとみんなじいっと差配の手許を見ているわけです。聖書の話では、五時頃、一番後からやって来てたった一時間しか働かなかった人から、賃金を払い始めた。しかもその人たちは一デナリもらった。すると三時から来た人、十二時から来た人はいくらもらえるのか。ましてや朝一番から働いていた人は、五時から来た組に一デナリ払うんだったら、俺には少なくとも十デナリくれるかもしれない、と期待する。ところが、みんな一デナリなんです。

それで最初から働いていた人が文句を言うわけです。「自分は暑い思いをして一日中働いた。五時に来た人なんて一時間働いただけで一デナリ貰う。不公平じゃありませんか」そうすると、ぶどう畑の持ち主はこういう意味のことを言うんです。「私は同じようにしてやりたい。それは、妻子があって、一時間しか働かない人でも、食べる口が減ってるわけではないわけだから」と。労働に対して順当に払うというのも正しい論理なら、一人の人間が妻子を抱えて同じだけ要るから、少なくとも一日分の一デナリを払ってやりたいというのも正しい。もう二千年前から、正しい論理の反対も正しい、という見方を聖書は示している。いまの日本はもっと幼稚になったでしょう。正しいことの反対は間違いだと決めつける。ほんとはそんなことはないんですよ。「人はみな「愛」を語る」

「そのままになさった方がよろしいですわ。人は、皆思い込みで生きておりますでしょう。事実と真実は違いますけど、大切なのは、そう思い込んでいる真実の方なんですから、そのままになさった方がいいですわ」

いつも前田さんを引き合いに出しますが、あの方のもう一人のお従兄《いとこ》さんが、アラブのどこかのお国で、石油の買い付けのために駐在しておられたことがあるのだそうです。そのお従兄さんの話によると、中近東の国では年に何度か、貧しい人に皆が恵む日があるのだそうですが、お従兄さんがその国に赴任して、一番驚いたのは、そのお恵みの額だったそうです。

その日になると、会社のオフィスや商店に、喜捨をもらおうとする人が次々にやって来る。未亡人とか、夫が病気とか、女性が多かったといいます。

彼女たちは半分ベールで顔を隠しているけど、腕に嵌《は》めている金の腕輪だけは見える。砂漠で暮らす人たちは、どんなに貧しくても、金の腕輪を貯金代わりに身につけるのが習慣なのだそうです。彼ら放牧民は、絶えず移動しているから、どこかの銀行や郵便局にお金を預けて、利子を取るというわけにもいきません。

ところでアラブ風の恵み方では、例えば金の腕輪を一本しか嵌めていない婦人に百円あげたとすると、その後でやはり喜捨を求めて来た金の腕輪を五本嵌めている人には、五百円あげるのだそうです。前田さんのお従兄さんは、そのことを大変不思議に思いました。

金の腕輪を五本も嵌めているような人には、一本しか持っていない人の五分の一でいいというのが日本人の感覚です。しかしアラブの生活感情から言うと、それは正しくないことなのでした。

人にはそれぞれ、自分の身に合った暮らしというものがある。今もしひどく貧しい人に、持ちつけないお金をあげたりすると、その人は戸惑って、生活を狂わせてしまうから、それは決して親切ではない、というのです。

豚には豚の喜ぶものをやらなければならない。猫には猫の好物がある。息子には息子の好きなものが、そして私には私が執着するものがあります。

「ブリューゲルの家族」

○私の「ほどほど」メモ

2

「ほどほど」に生きる知恵

向上心は醜いものである

やはり年をとって体の衰えを感じる頃から、勤勉とか、向上心とかに対する一種の「おかしさ」も「おろかしさ」も（そしてもちろん「けなげさ」も改めて）わかって来るのである。勤勉であること、向上心を持つことが、悪いことだというのではない。しかしこうした複雑な心理を理解するのは、人間の限度を見極められるようになる中年以後に、挫折と死に向かう自分の姿を知った時からなのである。それより前の人間は、どこか若さを頼んで思い上がっているから、長い視点も持ち得ないし、自分のいる位置もわからない。人間の心の重層性もとうてい読めないし、心の揺れ動く陰影も見つけられない。　「中年以後」

ところが社会というものは、基本的に人のことは正当に評価しないものなのだ。だから努力したってそれをわかってくれる人は少ないし、怠けていたって、その人の力量に大体近いくらいには評価してくれるものなのである。

怠け者は、実際と評判の落差を気にしない。というより大体同じくらいだと認めているから、いつも心理的に余裕がある。しかし努力家は、絶えず人の目を意識している。つまり見栄っ張りの傾向に傾く。しかし世間の評判は多分常に彼の期待以下にしか見ないから、彼はいつも不幸で、その結果、彼の性格まで幼稚に見えて損をする。

世間が自分をどう評価するか、ということが気になってならない人というのは、やはり本質的に自信がないのだ。と同時に、自分の才能が世間から過大評価されているのではないか、ということを薄々感じて怯えてもいる。いや、意識的にはそんなコンプレックスは感じていなくても、意識下で感じているという方が更に正しいだろう。

「自分の顔、相手の顔」

うつ病と不眠症が数年かかって自然に治った時から、私は自然に実際の人生に塗《まみ》れて暮らすようになった。しがらみに引かれることを当然と思い、同時に世間にはどう思われようと、自分の責任の範囲でしたいことをすることにした。

今の私は自然体で生きているような気がする。失敗した時は首をすくめて、人間だからこういうこともあるさと自分に言い聞かせる。怒られたらゴメンナサイと本気で謝り、それでも相手に与えた心の傷は癒《い》えるのに時間がかかるだろうから、ひたすら時が過ぎるのを待つ。しかし心の底には、いいやいいや、そのうちに相手も私も死んじゃうんだから必ず解決する、という思いもないわけではない。

態度は悪いが、こうなれば、うつ病にも不眠症にもならない。つまり私は世の中と自分の不備を、受け入れたのである。

（「週刊ポスト」99.11.8 昼寝するお化け）


最近時々不思議に思うのは、皆どうしてたかが国旗と国歌くらいのことに、やたらに真剣になり、卒業式をボイコットしたり、自殺する校長先生が出たりするのだろう。

私は一年間に「国旗と国歌」に関して頭を使うことは二、三分しかない。私の勤め先が国会議事堂と比較的近い所にあるので、その時来日している国賓の国の国旗が日の丸とともに掲げられているのが否応なく見えるからだ。一年のうち、そうした国旗が出ている日は四分の一くらいあるような気がする。ところがはずかしいことに、私はほとんどの国旗がどこの旗か知らない。

正直言って、国旗も国歌も、私の人生でまことに瑣末《さまつ》なものである。目くじら立てて論議するものだと思えない。ただ国旗と国歌のない国はないし、それらの国の実に多くが、その国旗のもとで内戦で殺し合い、汚職をし、身内びいきの官僚機構を確立したりしている。

（大阪新聞連載コラム 99.3.30「自分の顔 相手の顔」）

理想、誠実とつきあい過ぎないこと

「若い時、って一度はアメリカへ行って見なければならないような気がするもんでしょう。お上りさん旅行よ。グランド・キャニオンとか、ディズニーランドとか、ワシントンの桜とか。桜はほんとにきれいだったわ。情緒はないけど、健康な感じなの。私、日本の桜より好きだった。でもその旅行で、私が学んだのは、たった一つよ。私、昔から吸収力がなくて、学んでも歩留《ぶ》まりの悪い子供だったから」

「何を学んだの?」

「一度に一つずつ、ってこと。慌てて無理して、一度に一つ以上のことをやろうと思うと、私の弱い頭は混乱を来《きた》すの。だから先着のお客さまの仕事から、一つずつやるの」

「つまり簡単に言うと次の人は待たすってことね」

翔は笑った。

「アメリカはそうでした。だから、私、偉大なアメリカから学んだのよ」
「日本はそうしなかったから、経済が伸びた、って言う人もいるだろうけどね。でもノイローゼになってる人、って皆日本人タイプらしいね」 「夢に殉ず（上）」

最近恐ろしいのは、理想が実現できない世の中は間違っている、という思想である。理想は基盤なく先行するものではなく、現実の足がかりの中にあって見るものだろう。そこで初めて、足元がしっかりした理想は、部分的にせよ現実のものとなり得るのである。

（「週刊ポスト」99.3.26 昼寝するお化け）

「何病なんです？　精神科ですか？」
翔の問いに、電話の向こうからは微《かす》かな笑いが返って来た。
「そんなことはありませんよ。血圧が高かったこともあるし、お義母《かあ》さんもそろそろ更年期でしょうから、この際、ドックに入ったつもりで徹底して調べてもらったらいい、ってことで入院したんです」

「ほほう、それで、調べて病気は出たですか」

翔は慎《つつし》みのない言い方をした。

「いや、潰瘍は確かにあるんだけど、特に心配なようなものは、何一つ出なかったんです。ただこんなことを言うと怒られるかもしれませんけど、あのお義母さんという人には、誠実病といいますか、向上病というか……そういうものがあるでしょう」

「甲状腺ですか？」

「いや、常に努力して、よくならなければならない、って思いつめる向上心の向上です」

「ああ、あれは誰でもかかったら、そうとう重い段階まで進んじゃう病気だよ」

「そういう性格だから、いろいろな、人間関係の重圧なんかもあったらしいんです。一般的に女性の方が誠実ですからね」

「そういうことだね。お宅の奥さんも、母親と似てますか」

「あまり似てないようですね。何しろ、掃除と整理が恐ろしく下手ですから。まあ最近はやりのアバウト人間です」

「それはよかったね。改めてお祝いを言いますよ」　　　「夢に殉ず（下）」

「手抜き」のすすめ

そしてそれ以後、私はなしくずしに、「いい加減に」、手抜きしながら、とにかく仕事と両親同居を、最後まで続けて来た。一日は二十四時間しかないのだから、仕事をしていれば、その分だけ親の面倒を見ることは手抜きになることは明らかである。しかし私は生活というものには理想はあり得ない、と初めから思っていた。理想には程遠いかも知れないが、とにかく一生親を捨てず、何とか皆で暮らすことが大切だ、と思い込んでいた。　　　「中年以後」

私は段階でやり方を変えるの。疲れている時や、めんどくさいと思う時は、まず楽な道を選びます。いま世間的にいちばん抵抗のないのはどれかな、と思う。「楽」と「抵抗がない」というのはちょっと違うんですよ。それから、自分の意志をどうしても通そうと思う場合以外は、どれを選ぶかなという形で、どれを落としてもいいや、という感じになっちゃうんですね。それを段階的にずらっと用意しておいて、その時々の元気の度合いで選ぶの。

偉そうに聞こえますけど、そうではなくて、自分ができることはわかっていますからね。その結果というのが、多くの場合、よくも悪くも私らしいんでしょうね。まわりが見て笑うような方法、あの人は変ねえ、というやり方。ここにいたるまでに、いろいろやってわかったんですけれども、やっぱり私なりに自然で楽なほうがいいんですよ、この際。そこで納得ですね。そういうふうになれたというのは、私が年を取ったからなんです、ありがたいことに。

「人はみな「愛」を語る」

言い訳をするわけではないが、私は自分のを含めて誕生日だの命日だのに実に関心がない。その人の生きていたこと、亡くなったこと、言ったこと、優しかったこと、憎らしかったこと、すべて大切に記憶しているが、それが何年の何月何日だったなんて、どうでもいいことだ、という感じが抜けないのである。

（大阪新聞連載コラム 99.10.13「自分の顔　相手の顔」）

「いい加減」から生まれる余裕

ほんとうは習慣というものは、すべてあまり意味がない。なぜネクタイを締めるのか、なぜ戸口の所で女を先に通すのか、などと考えれば考えるほど理屈がない。しかし大方の世間がそうするなら——自分の深い思想に抵触しない限り——相手のすることを柔らかな心で守っておくといういい加減さが、私は大好きなのである。

「二十一世紀への手紙」

今度のアフリカの旅でも、三十人分くらいのご飯を炊くことになった時、かなり自信ありげに手首まで計ればいいと言い張る人の言うことを聞いて、芯飯ができてしまったことがある。シスターと私は、途中でどうもだめだとわかって、慌てて水を足し、シスターはその応急処置が効いて何とか貴重なササニシキが無駄になりませんように、と神さまにまで祈ってくれたおかげで、どうにか救うことができて、私たちはほっとし、とたんにニコニコしたのだが、他の年長のシスターに聞くと、やはり厳密にお米の一・五倍の水を計って炊けば、ほとんど問題ないということだった。

「一対一・二だって聞いてましたけど」

と私の知人の若い奥さんが言うので、

「その程度の違いの時は、多い方に間違っておけばいいの。芯のあるご飯ができちゃうより、雑炊ができる方が無難だから」

と言っておいた。

要は、食べられればいいのだ。少々の不都合は目をつぶって安全を取る。それがサバイバル、緊急、非常時、の生き延び方である。緊急の時に、ササニシキの米粒が立つように炊けたかどうかなど、どうでもいい。しかし「一対一・五」は正確な数字だ。

（大阪新聞連載コラム 99.11.16「自分の顔 相手の顔」）

ほどほどに愛しなさい、というのは、愛には心理的なものと行動に表された部分とがあると思うんですね。

心理の部分というのは、ほどほどにといってもあまりきかない。好きになり出してしまったらずうっと昼も夜も考えている、みたいなところがあると思いますけど、私はこの言葉を行動の部分で考えたら面白いと思います。

つまり、尽くせば尽くすほど相手は喜ぶなんて単純なことはないので、自分は相手のことをとても思ってるんだけれども、愛を行動で示すときにはどういうふうにしてあげたらいいか。自分がいいと思うことでも相手の迷惑になることもあるんだろうなあ、という程度のためらいはあったほうがいいような気がします。

でも、おばさんがほっとしていた、ということは、私にもよくわかった。電話を切ると、おばさんは考えごとをしながら私のところへ来て、

「とにかく、律儀ってことはよくないよ」

と呟《つぶや》いたんですからね。

猫には読心術みたいな能力があるからわかるんだけど、おばさんの考えでは、もし医者の言うことをまともに聞いて、奇形の子供が生まれるのを恐れて中絶していたら、今日、その子は生まれなかったのだ、という恐ろしい事実を考えていたんでしょうね。

律儀がいけないなら、何がいいんだ、と私は欠伸《あくび》をしながら考えました。おばさんがいつも言うのは、いい加減に考えていくということなのね。

お医者がそうだ、と言ったら「そうかもしれないけど、そうでないかもしれな

い」と思えばいいんですって。お医者から「ガンだ」と言われたら「そうかもしれないけど、もしかすると、急に治ることもあるから」と考えたらいいということね。

だから、日本経済は当分大丈夫だ、っていう新聞の論調が出たら、これはもしかするとすぐコケルんじゃないかと思って財布の紐を引締め、間違いなく今年は大地震がある、という占師の予測があったら、今年は大丈夫なんだな、って思えばいいんだって。何てでたらめで楽な話なのよ。

それを何もかも律儀にやってると、人の流れに呑まれてひどい目に遭うそうです。万事、いい加減に受け止めてれば、そんな深刻なことにはならないのよね。

「飼猫ボタ子の生活と意見」

自分をあまり厳密な道徳性で縛らないこと

暑さ寒さに強くなること。清潔でも不潔でもいられること。何でも食べられること。大地に寝るのを嫌がらないこと。最低限の語学力を身につけて一人で旅ができること。人を見たら泥棒と思えること。自分をあまり厳密な道徳性で縛らないこと、などが私を今まで小さな危機から救ってくれた。

私は外国を旅するのに、何度か賄賂《わいろ》も使った。知りつついささかの金も騙《だま》された。そういう時、騙す人を責めなかった。自分が草臥《くたび》れている時には、ズルをして仕事をさぼり、他人にひどい作業をさせた。そのような自覚が、時には安全のための費用に思え、自分の存在の毒をもっとひどく他人に与えないための歯止めになるようにも思えた。それが正しいというのではない。しかし人生は決して完全な形で生きているのではない。常に「ベターな形と思われるもの」で生きるほかはないのだと思うと、私は自分に甘くなった。そして自分にいい加減になると、やっと私は他人のことも厳しく見なくなるような気がした。

「悲しくて明るい場所」

私は生活は簡素な方がいい、などと言いながら、つい食器だけは少しいいもので食べたくなる、というビョウキを持っている。とは言ってもケチなので、割ると番町皿屋敷のような思いになる高いものも使いたくない。

すると茶道の教養のある知人が言った。

「まあ、ほどほどに上等、という陶器をお買いになって、かわいがってよく使い込まれることですよ。五十年百年はあっというまに経ちますから、お孫さんの時代にはいい味が出て骨董《こっとう》になります」

孫が食い詰めたら、そこでお売りなさい、という親心も秘かに含まれているのだろう、と私は察しながら畏《かしこ》まって聞いていた。

骨董を買うのではなく、作る方法である。

陶器は色も変わらない筈《はず》だ、と思っているが、その人によると、使い込むと陶器自身に味が出て来る。つまり見た目にも時間の重みがつく、というのである。いかにも東洋的な考え方のようでもあるが、西洋の骨董でも同じような時代の推移を感じることがある。好きな食器なら、自然によく使うから、そこで好ましい変化もはっきり見えるのだろう。

（大阪新聞連載コラム 99.7.2「自分の顔　相手の顔」）

厳しい選考委員もいるが、私はこと文学に関しては、たいていおもしろい作品があり、かなり甘い点をつけたくなる。

昔は新人賞の選者もした。私は自分の推す人に強力に肩入れをできない性格であった。だから私が好きな作品を書いた人は入選を逸する。

しかし運命は、たいていすぐ均《なら》される。一番の目利きは、作家でも、文芸評論家でもなく、黙って選考会の席に座っている編集者たちだから、新人賞で賞を逸しても、才能さえあれば必ず誰か編集者が拾い上げて育ててしまうものなのだ。

だから、あまり厳密に運命を考えることはない、と私は考えている。

「運命は均される」

悪を語らないというのは、社会主義国家と全く同じである。既に最近の日本は中国よりもっと激しく社会主義的だと私は思っているが、悪を語れなくした瞬間から、すべての芸術は死に絶える。光を描くには暗闇が要《い》る。印象派の絵描きでなくても、人間には光を描く（書く）のは絵でも文章でも難しいから、必ず闇を描く（書く）ことで光を表わす。

私は自分が人道主義者であるなどと、思ったことも思われたいと願ったこともない。凄まじい悪人だと言うほどの自信もないから、ほどほどのいい加減な人物だと思われていられれば、何となく安心していられる。

「部族虐殺」

「ソノさん、あんまり働かないでください。苦労死という言葉があるそうですから」

「過労死ですか?」

「ああ、そうです。間違えました」

「いいえ、神父さま、立派な造語です。こっちの方が流行《はや》ると思います。神父さまに版権があります」

電話を切ってからも考えた。過労はいくらでもある。フル・マラソンやクロス・カントリーの試合中の選手、根を詰めて仕事をしている職人、膨大な量を書く流行作家、戦略を考えている経済人。皆過労だ。

しかし人は過労では死なないような気がする。過労が苦労になる時、人は死ぬのだ。

だからいい加減に生きるべきなのだろう。「いい加減」という言葉は、「ちょうどよい加減」ということだから、本来はすばらしい言葉なのである。

「狸の幸福」

人の強さを引き出す方法

私の不眠症は結局治るまでに八年くらいかかった。どうして治しましたか、と聞く人がいるが、風邪ではないのだから、この薬が効きましたということはない。

私はできるだけ体を動かし、寝る前に少しお酒を飲む癖をつけた。それからできるだけ、外界に不誠実になることを心掛けた。つまりずっこけることを学んだのである。学ばなくったってそうじゃない？　という人もいるが、私は小心者だから、誠実風に生きていたのである。

三浦朱門《みうらしゆもん》が子供の時から、精神分析の本をよく読んでおり、私がどんなことを言っても、医者が患者の訴えを聞くように、感情なしに分析してくれたのも、私にとって最高の救いであった。私自身も自分を治すために、精神分析の本を読んだ。というと再び読者から、何という本を読んだらいいでしょう、と聞かれる。しかしそれにも答えはないのである。本屋に行って、そういう本の並んでいる棚を探し、自分が理解できそうな範囲の本を、私は自分で選んだ。多分、それでいいのである。

「悲しくて明るい場所」

人間は皆いい加減に生きて行くのである。風邪《かぜ》を引いていても、皆が泳いでいるのをみると、どうしても自分も泳ぎたくなって水に入ってしまってまたぶり返したとか、朝、母親が寝坊してビスケット一枚しか食べて来られなかったとか、プールへ入る前に体を洗うつもりでふざけているうちに実は洗うのを忘れて飛び込んだとか、そういうものである。それが人生のおもしろさなのだ。子供を厳しい規則で育てようと思う教師ほど、子供の才能や才覚を伸ばさない。

もし、どうしても規則を作りたかったら、一つにしたらいい。

或る私立の学校は、高校を出るまでは、どんなことがあっても禁酒・禁煙である。それが見つかったら、たとえどんな理由があろうと、即座に退学になる。それを承知の上で入学させたからである。

酒とタバコをちょっとくらい口にすることがそれほど悪いことだ、というのではないのである。しかし人生には一つくらい、ばかばかしいことで、自分を律するものがあってもいい。それが意味のあることだから守る、のではなく、むしろ、大して意味がなくても、約束は守れる人になる、というのが上等なのである。少なくとも高校生になったら、自分の運命は自分が作る、というくらいの気概は持たせるべきだろう。

社会主義が、その支持者が期待するほど伸びなかったのは、徹底した管理体制の中で、産業が自由競争を体験せず、結果的に体力をつけられなかったからである。それと同じで、管理教育は結局子供の体質を強くしない。米の輸入は認めないということは、保革双方が一致して言っていることだが、あらゆる産業も、そして才能も芸術も、あらゆるものが保護主義・管理主義の下では決して自主的に強くなれないであろう。先生にも生徒にも大人の教育を、と望んでも、今さら子供のまま大人になってしまった先生や親を、急に大人にするというのは、至難の技なのである。

「二十一世紀への手紙」

しかしそれにしても人生は皮肉なものだ。豊かになればなるほどいい、というものではない。人間の体は一定の量しか、食べ物を必要としない。しかも年を取るほど、量は要らなくなる。人間は長寿になればなるほど、理性的に食料を適切に減らして行くことを覚えなければならないのである。

食べ物だけではない。人間にはすべて必要とされる「物質」の限度がある。一日に食べる食物の量、家の広さ、適切な衣服の枚数など、お金持ちであろうと貧乏な人であろうと、ほんとうは違いはないのである。もちろん、社交をしなければならないような人たちは、それなりに衣服の枚数も多く要るだろう。接客のための特別の部屋も必要ではあろう。しかしそれは健康の基本と関係があるものではなく、それ以上の社会的意味合いのためである。

もし地球上の人たちが、適切に食べ、適切な衣服を用い、適切な面積の住居に住もうという自制の精神を持ち合わせれば、地球上の飢餓、エネルギーの配分などの問題は、かなり解決されるだろう。そして二十一世紀を幸福に生き抜くかどうかの知恵は、この自制が可能かどうかにかかっているような気さえする。

「七歳のパイロット」

「定見」よりも心の折り目を持つ

「私ね、昔から簡単に自分の考えを変えることにしてるの。言葉に責任を取りましょう、っていうのがあるでしょう。あれの反対が好きなの」

「僕も定見というものなく暮らして来たの」

　翔は笑った。

「だけど、そんなこと言うと、人はほんとうに僕には定見がないんだと思っちゃう。僕はずっとそういう形で安易にバカにされて来たと思う時もあるよ。もっともそれで少しも悪くないんだけどね。

　僕は人間の種類として、『定見を持ってます』と言いながらその基本的な姿勢を実に卑怯に崩す人より、『定見は持ってません』と言いながら、心の折り目というか、魂の好みみたいなものを、結果的には一生崩さない方が好きなんだよ」

「夢に殉ず（下）」

人間味が覗《のぞ》くとき

自分の自覚が絶対正確だと思うんじゃなくて、むしろその誤差を面白がれる人間になれる方がいいですね。その時は面白がれないんですけど、究極としては、もしかすると、このほうが正しいのではないかなという、現実にないシナリオを楽しめる心境というのがあると、味わいのある人間になれるんだろうなと思うんです。

「人はみな「愛」を語る」

私は南米の中にある解放の神学に関して、説明できるほどの知識を持ち合わさない。ただ卑怯にこういう言い方をしようかと思う。解放の神学によって、或る種の人々は、自国の現状を政治的に強力に短時間のうちに打破できると考えた。一方、そうでない人々は緩やかな改革派で、古い伝統的な教会の形態の中にもそれはそれなりに充分な知恵があることを知っており、急激な現状の変化を望まなかった。人間は多かれ少なかれ罅《ひび》の入った茶碗に似ている、とそういう人々（私もその一人だが）は考える。無理をすると割れてしまう。だから穏やかにやれることだけをやり続けても救済の道には向かっているのだ。

優柔不断は私の好みでもあった。私は何でも、潔《いさぎよ》いことより、生温《なまぬる》いことに人間的なものを感じる、という癖があった。「部族虐殺」

しきりに書いてきたことだけれど、私は努力をしないのではないが、運命に強硬に逆らうことをどうしても美しいとは思えないたちだった。むしろ諦《あきら》めることにうまくなり、限定して与えられたものの中に楽しさや静かさやおもしろさを見出して行く方が好みにあっていた。これは善悪の問題ではない。生き方の趣味の問題であった。人間は基本的に運命に流されながら、ほんの少し逆らう、というくらいの姿勢が、私は好きなのであった。

「悲しくて明るい場所」

私は外界の変化を厳しく感じる子供であった。甘やかされていただけだ、と言われればそんな気もする。私は暑さ寒さを、すぐ耐えられないように感じた。体も弱く、よく風邪を引き、仮性クループと呼ばれていた発作を起こした。これは一眠りすると、呼吸が苦しくなって眼が醒《さ》めるのが特徴であった。蕁麻疹《じんましん》もよく出て、それは海風と関係がありそうだった。ひどい時には電車が大森《おおもり》を通っただけで蕁麻疹が出た。今のように海が力を失っていればそんなことはなかったのだろうが、まだ大森には、魚料理屋があり、海苔《のり》が採れた頃だった。

こういう一連のむだな感受性の強さのようなものを、私は徹底して恥じたのである。私は後年、そのような性癖を自分の中で一つ一つ潰すことにした。私は暑さ寒さには耐えられるように自分を訓練して、少しは目的に近づいたし、自分がアレルギー的であったり、皮膚が敏感だと思われたり、偏食があったり、不潔には耐えられないと感じたりすることは、恥ずかしいからやめよう、やや鈍感で平均値的な人間になるのが私には合っているのだ、と感じ続けて来た。

ということは私はそれらのことを、一面では評価していたのである。そのような過剰反応もまた、一つの個性だ、という考えが、内蔵されていたはずである。

しかしそのことに私が気がついたのは、非常に早くからである。どんなに遅く見ても、小学校の低学年の頃からである。私は当時、自分のナルシシズムを攻撃の対象にするつもりであった。そのような感受性は、一部の天才にだけ許された厳しい負い目であって、私のような者が担う資格も必要もないものであった。私がそんなことに悩むのは似つかわしくないことであった。だから私は早くそのようなキザな体質からは抜け出て、平凡でやや鈍感な、それ故に気むずかしくない、おおらかでのんびりした感じの人間になりたかったのである。

「悲しくて明るい場所」

完全を求めなければ長保《も》ちする

修二郎は初めからその仕事を希望したのである。そのようなポストに配置されているということは、決してその人だけが俗世の空気に触れられるという「特権」を享受することにはならない。むしろ残りの人々を静かに祈りの生活に置くためであった。

そういう役目には、確かに完全に世を捨てたという潔さは稀薄であろう。しかし修二郎は、無理をしてはいけない、と自分に言い聞かせたのであった。自分はその程度の人間である。完全を、最高を求めてはいけない。だいたいの希望に沿っているという所なら満足しなければならない。またそれくらいの方が長保ちして無難であろう。

「父よ、岡の上の星よ」

現在のことはよくわからないのだが、昔のブラジルでは、汽車がよく遅れる話を聞いた。ブラジル人は自国を笑いものにする、というすばらしい客観性と知性を持っている。だから男たちは一斉に「詠み人知らず」の笑い話を作ることに熱心だ。その短い笑い話をピアーダというのだそうだ。この話もその一つである。

「ブラジルと比べて時間通りに来る列車の運行に馴れた日本人は、いつも駅に人を迎えに行く時悩みます。ブラジル風に一、二時間遅れて行くか？　でももし時間通り着いたらどうする。それで日本人はいつも時間通りに駅に人を迎えに行かねば気が済みませんでした。

ところが或る日、時間通り汽車が着いたのです。日本人は夢かとばかり驚き、思わず駅員の肩を叩きながら言いました。

『ブラジルの汽車も最近は大したもんじゃないか。時間通りだぜ！』

駅員はむっつりして答えました。

『これは、昨日着くはずの汽車です』」

こういうお国なら、十一時間くらいの到着遅れでは人々はへこたれないのである。


（「週刊ポスト」99.10.22 昼寝するお化け）

○私の「ほどほど」メモ

3

「逃げたい」と思ったときにできること

もう一度「生き直す」ために必要な勇気とは

人間は誰でも、いつでも間違える。しかし、今は正しいと思うのだからしかたがない。過半数の人から、受入れられなくてもいい。それが間違いだとはっきりわかる日まで、顔を上げ、胸を張り、自分の署名のもとに、その考えをさらすべきである。その程度の勇気もなしに、一体何ができるというのだろう。
勇気などという言葉も今では時代遅れだ。潔いなどという言葉も今ではめったに聞かれなくなっている。しかし人間の生活にこの二つがないと、香りがなくなる。

「二十一世紀への手紙」

蛎崎はいつも答えを出すことがいやなのであった。仕事の上では素早く決断を出せるのに、自分の運命については、逡巡し、臆病であった。今日のあの鶏たちの姿を思う時、蛎崎は一層その感を深くした。あの鶏たちは、人間以上に人間的であった。死か生かを選び、放置されて死を待つ間も、呻《うめ》き声一つ立てなかった。そうありたい、と蛎崎は願い、それには、このジャングルに飛行機が落ちる以外に方法がないのではないか、とも思った。蛎崎は自殺はいやだった。それが芝居がかったことだから耐えられなかった。

それにしても川という奴は何と馬鹿なのだろう。やたらに曲がりくねって近道をするということを知らない。

「二十三階の夜」

病気とか恋とかというものは、価値観を少し変えるきっかけにすることが多いですね。それは、悪く変えることもあるかもしれない。

つまり、病気になってもうまったく希望がないと思って、病院の何階からか飛び降りる人がいるとすれば、それは悪いほうに解釈したんだけれども、病気が人生を発見させてくれて、謙虚になって帰って来た人は実に多い。

「人はみな「愛」を語る」

ここで勇気というものについて、改めて考えてみたい。戦争中に、我々はあまりにも勇気をしいられ、その偽りの勇気を身に帯びて死ななければならなかった人々を見て来たので、勇気などというものは、当節不用のものだ、と思うようになった。

しかし恐らく真の勇気というものは、ものごとを理想主義ではなく、冷静な現実の姿という形で見極め、その後に、その現実のデータをもとに理想を描くものなのである。つまり私たちはまず第一に、あやふやで、中途半端な現実に直面し、「よくも悪くもなくてよくも悪くもある」私をとりまくこの現世を認識しなければならない、という勇気がいる。

この世で誰一人として、完全に幸福だ、などといえる生活をしている人はいない。いまの日本人も、健全な感覚を持った人なら誰でも、自分の生活に悲しみと不安を持ちながら、同時に、抱き合わせのように与えられているささやかな安らぎや小さな幸福に満足しなければならないのかな、と考えている。

「ほんとうの話」

脚が不自由になってから、もちろん人手は借りましたが、私の心は大変整理がよくなりました。以前のように、忙しくてかっとなる、ということもありません。いつも心の中で、どれからやるべきか順序を立て、ミスがないように手順を考えています。それから、諦《あきら》めることも知りました。自分でできないのだから、そんなに完璧を望まない、という心境です。それだと、いつも不満を抑えているのか、ということになりますが、実は逆でした。むしろ、こんな病人なのに、家族や友人からして頂いている贅沢《ぜいたく》をよく考えました。

体の不自由な方は、いつも静かな方が多い、ということを、神父さまはお気づきになったことはありませんか。あの方たちはすばらしい静謐《せいひつ》の世界を既に知っておられるのです。もちろん人間は感情の産物ですから、苛立ち、死んでしまいたい、とさえ思う日もおありでしょう。しかし私は、不自由を通して、こんなにも完成した達観というものを神が恵んでいらっしゃるとは思いませんでした。

ですから、ほんのちょっとの間、私は普段より穏やかです。しかし治ったら、多分またもとのモクアミでしょう。ご覚悟ください。

「湯布院の月」

アフリカは脱落者の慰めの土地であった。ヨーロッパで、或《ある》いはアメリカで、或いは日本で、人生に失敗した者は、アフリカへ来れば心が休まる。ここは悪意のある俗物からは遠い遠い土地なのだ。すべての意図的な声は大自然が吸い取ってしまうから届かない。一切の矛盾も、まやかしも、自己弁護も、超越している。ここには小刻みな時はない。一生は永遠にぶら下がっているだけである。

「父よ、岡の上の星よ」

愚かな自分も肯定すること

「俺は、何に荷担したのかな」

「そんなことが気になるのかね。あんたとしたことが……覚悟してやったことだろうが」

私は笑った。

「そうだ。人間は何度か愚かなことをする。愚かなことをする、という運命を肯定しさえすれば、気が楽になるんだ。ありがとう。ここへ来るまではとてもそう思えなかった」

こういう態度がこの男の魅力なのであった。

「答えを出したのは、あんた自身なんだがね」

「そんなことはないよ。現にこの家に来るまで、なぜか悪い疲れが取れなかったんだから」

ソラヌスは立ち上がり、

「済まない。仕事の邪魔をしてしまった」

と私の仕事机の方を見ながら言った。

「いやいや、人生を感じずに生きのいい翻訳なんかできるわけがないんだ」

「ありがとう。ばかなことをした日もまたさわやかなもんだ、ということがわかった」

「アレキサンドリア」

「何も言わない」ほうがましなことがある

私が相手に捧げられるほとんど唯一のご恩返しは、相手のことを喋らないことであった。一人の友人が離婚した。私はその事実を知っていたが、数年の間誰にも言わなかった。それが公然となった時――その夫婦が有名な人だったので――マスコミが私のところへもコメントを求めに来た。

「私はあの方たちのことはお話ししないんです」

と私は言った。

「しかしお親しいんでしょう?」

相手は食い下がってきた。

「ええ、お親しいから言わないんです」

私には死と共に持って行こうと思う友人の秘密が幾つもある。私はその人と親しいと言わず、その人のことを語らないから、友情が続いて来たという実感がある。

「中年以後」

個人の存在は、大きいようでいて小さい。一人一人の生を大切に取り出し、それに深い思いを馳《は》せ、限りなくいとおしむということ以外、小説家の仕事の基本的な姿勢もないのである。しかしそれは、自分の体験が、絶対であり、正しく、人はすべて自分の存在を大切に考えてくれるのが当然だ、と要求する幼児的な精神構造を許容することとは違う。

自分の子供がかわいくてたまらない話など投書するな。ゴルフの話なら誰でも興味を持つと思うな。下手な歌をカラオケで聞かせることは罪悪に等しいと思え。自分史をやたらに人に配るな。自分が閑《ひま》だからと言って気楽に他人に手紙を書くな。アンケートには必ず返事が来るものと思うな。信仰の話など気楽に人にするな。自分のかわいがっている犬や猫なら客もかわいいと思ってくれるだろうと思うな。自分の苦労話を他人が感動すると思うな。

こういう教育が現代ではあまりにも欠けているのである。

最悪の人間関係は、お互いに人の苦しみには関心がなくて、自分の関心にだけ人は注目すべきだと感じることである。反対に、最高の人間関係は、自分の苦しみや悲しみは、できるだけ静かに自分で耐え、何も言わない人の悲しみと苦労を無言のうちに深く察することができる人同士が付き合うことである。

「二十一世紀への手紙」

一般に、実際に平和や人権のために働いている人は、決して多くを語らない。たとえば、ルワンダの難民の間で働いている看護婦さんのような人たちは、ほとんど人前で語ったりアピールをしたりしない。

戦争などというものは謝りきれるものでもなく、体験を伝える方途もない。私は戦争が終わった時、十三歳だった。自分が犯してもいない戦争の罪を謝ったりすることこそ無責任だと思っているから、謝ったこともないし、将来もその気はないが、日本が間違った道を取ったのなら、今後長い年月の間に、被害を与えた土地の人たちを幸福にするために働くことには深い意義を感じている。

それには、過去を回顧したり、署名運動をしたりするだけでは不十分だ。一番楽なことはせめてお金を出すことだ。それも、いささか自分にとっては辛いくらいの額がいい。さもなければ、不潔や、危険や、病気や、時には死の危険くらい承知で、現地に行って働くことである。語っていたって仕方がない。語らないよりいいじゃないか、と言うが、語らない方がずっとましだと思う。

人間は決して平和だけを希求する動物ではない。人間はあらゆることで、人を殺す。興味ででも、恐怖ででも、報復のためででも、人間の本性の中には、生み育てる本能と、殺す本能とがどちらも組みこまれているという実感を持つ。その現実を、貧しさや異文化の中に実際に見たことのない人だけが、平和は語り伝えられるし、それで解決が可能だと思う。

「流行としての世紀末」

昔、ブラジルで「未婚の母」の家に行った時のことを思い出す。ブラジルは一応カトリックの国で中絶は表向きには認めないから、未婚の母が出産できる施設があちこちにある。

カトリックの施設では案内してくれた日本語のできる神父が、養子に出す赤ちゃんたちを集めた部屋で特別に会いたがっていた器量よしの女の子がいた。神父の顔を見ると嬉しそうにニコッと笑う。神父は私に「ソノさん、この子の手を見てくださいね」と言った。服をめくると腕があるべき部分に、小さな天使の羽のような掌がついていた。サリドマイド・ベビーだった。

他の子供たちはあちこちにもう貰われて行く約束ができているというのに、この子だけはまだで、修道院の娘のようになっている、と言う。その時、私は体に障害がある子だから養子の口が決まりにくいのですか？　と尋ねた。すると神父は世にも不思議そうな顔をして答えた。「どうして？　そんなことはないですよ。エンジェル・ベビーは他の子より、もらいたがる人が多いんですよ。なぜなら、健康な子を一人育てるより、こうした障害を持つ子を育てる方が、神さまはもっとお喜びですからね。でもシスターたちは、どこが一番いい養い親かゆっくり探しているんです」

私はその言葉にうちのめされた。日本ではこういう発想は耳にしたこともない。しかしブラジル人は彼らなりに、ほほえましいばかりに功利的でもあるのだ。同じ養子をするなら、神さまが高く評価する障害児を育てたい、のである。

（大阪新聞連載コラム 99.7.27「自分の顔　相手の顔」）

かつて受けた「傷」の痛みを癒《いや》せるとき

もちろんこれは精神が一応健全な範囲内での目安だから、病気になればそのような解脱《げだつ》の行程も計算しにくいのだが、若い時に社会や家庭や親から受けた仕打ちや処遇にどんな毒が含まれていようと、十年、二十年も経てば、その毒も薄まるのが自然の成り行きだ。

それなのに、若い時に受けた傷の痛みを、中年になってまでも訴え続け、そのことにうちひしがれ、傷ついて自滅に近い状態になり、しかもそれを当然と自分にも許しているように見える甘えた人がいる。自分の性格が歪み、貧乏し、病気になっているのは、親のせいだ、家庭の環境が悪かったからだ、と言い続けるか、口では言わなくても、その結果に溺《おぼ》れるのである。

そういう言い訳が通用するのもせいぜいで十代までであろう。中年というものは、もう大人として認められ魂の独立が可能になってから後の年月の方が長い人格を指す。だからことの責任は、遺伝的な病気以外は、すべて当人の責任なのだ。

学ぼうと思えば、独立してから後に学べた。失った恋も、その後に会った数多い女たちの中で癒《いや》されたはずだ。育った環境の不備のために体に傷を受けていても、体の不自由を補う心の強さを充分に体得する時間を有したはずだ。それが中年というものである。

中年は許しの時である。老年と違って、体力も気力も充分に持ち合わせる中で、過去を許し、自分を傷つけた境遇や人を許す。

かつて自分を傷つける凶器だと感じた運命を、自分を育てる肥料だったとさえ認識できる強さを持つのが、中年以後である。「中年以後」

強烈な不幸に充分に傷つき、それを執拗に記憶して、年月の光に当てるのが作家の仕事である。その時不幸はもう生《なま》ではなくなり、そこに発酵が行われている。

「自分の顔、相手の顔」

欠陥を持つ人がそれを乗り越えた場合、その人は、傷のない人より、強く輝くのである。つまり個性の完成は、あらゆる要素を（願わしいものも願わしくないものも）総動員して行なうべきものであって、弱みにふれない、というような逃げ腰では、決してうまく行かないと思う。それは何より、その人に対する非礼にあたる。

「ほんとうの話」

私も父親の暴力を受けて育ったが、その結果、暴力だけは振るわなくなった。もっとも代わりの悪いことはちゃんとしている。表情が意地悪くなったり、嫌味を言ったり、ふて寝をしたりするのである。しかしかっとなって皿や植木鉢を投げたり、障子を倒したりすることはしない。後始末が大変だと骨身に染みて知っているからだ。皿が割れれば破片を、植木鉢が割れれば土を片づけねばならない。障子の桟《さん》が折れればちょっとした「ものいり」だ。

人間というものはおかしなもので、似たような刺激を受けても、決して同じ反応を示さない。或る種のタイプの後遺症が多発することはあるのだろうが、それにも大きな個人差がある。ほんとうに人間を育てるには、一人一人に違う結果と違う年月の長さがかかることを、謙虚に知るべきなのだろう。

（大阪新聞連載コラム 99.11.30「自分の顔　相手の顔」）

自分に「ないもの」ではなく「あるもの」で幸せになる

人間の性格に二つあって、ないものを数えあげる人と、あるものを結構喜んでいる人があるんですね。私は心根がいいからではなくて、得をしようという精神から、あるものを数えあげようとするんですね。　　「人はみな「愛」を語る」

私はバブルの時代にも、投資ということはしなかった。しかし慎ましい性格ではないから、サハラに行きたかった時のように、自分が使うものでほしいと思うものは、他人がぜいたくだと言いそうなことでも、身勝手にお金を出すこともあった。そういうわがままをさせてもらえることを、私は家族にも、運命にも、日本国家にも、そして神にも深く感謝していた。私はいつも感謝ばかりしていた。当然と思ったことは一つもなかった。たくさん与えられていながら、不平ばかり言っている人もいるが、私はこんなに与えられているのだから、常にせめて何かを諦《あきら》め捨てていなければならない、と自分に言い聞かせていたくらいだった。　　「中年以後」

私はこの少年のものごとへの執着ぶりを高く評価している。人間、一つのことを煩《うるさ》いと言われるほど、自分で訓練できれば大したものだ。その性格だけで、その人は食いっぱぐれがない。しかも少年は十三歳である。「七歳のパイロット」

もう一枚、九月四日付の『ザ・ストレイト・タイムズ』の写真に写っている額縁の中の絵には、一対の編み上げ靴が描かれている。靴の片方は普通に置かれているが、一つは底を上に並べられている。それで底の部分も鮮やかに見えるのだが、踵《かかと》にも修繕の痕の歴然としたボロ靴である。

これがヴァン・ゴッホの描く「古靴シリーズ」の、民間に残されている最後の一枚だそうだ。

この絵を手にしているのは、クリスティーズ（世界的な美術商）の、印象派と十九世紀美術部門の主任のジュシ・ピルカーネン氏で、この絵は近くロンドンでオークションに掛けられるが、恐らく二億三千万円以上の値がつくだろうと言われている。

多分、ゴッホは貧しかったから、美人のモデルを頼むこともできなかった。彼がしみじみと手に取って眺められ、いつでも写生できるのは、自分の古靴くらいなものだった。だから彼はそれを描き込んだ。

これはほんとうにいい話である。

この古靴がもし、ただそのままの実物の古靴なら、百円でも売れるかどうか。しかしゴッホが絵に描けば、それは二億円、三億円の価値を生み出す。これほど、付加価値がはっきり見えるものもない。

私たちは人並みな運命や物質が与えられないからと言って、決して文句を言ってはならないのである。要は、あるもの、与えられたものを、どう使うかだ。さすがのゴッホも、もしモデルが新しい靴だったら、こんなにもいい味のある絵は描けなかったかもしれない。新しい靴が買えなくて、古靴を我慢してはいていたからこそ、ゴッホはそこに、人生の厚みをゆっくりと取り出すことができたのである。

（「Voice」99.12 地球の片隅の物語）

○私の「ほどほど」メモ

4 余力を「残す」生き方のすすめ

何かを捨てなければ、何かを得られない

何かを捨てなければ、何かを得られない。失礼をしなければ、自分の時間がない。連載の締切にも遅れる。

年を取るということは、切り捨てる技術を学ぶことでもあろう。そしてそのことを深く悲しみ、辛《つら》く思うことであろう。ただ切り捨てることの辛さを学ぶと、切り捨てられても怒らなくなる。

「狸の幸福」

しかし私はいつも、自分がつぶれるほどの仕事を抱え込むのは、決して利口とはいえない、と思う。誰でも病気になれば、傍《はた》が迷惑する。しかし自分を守れば、どこかで失礼、つまり何かを切り捨てていることになる。

中年を過ぎて、老年にかかる頃になると、ことにこの選択は厳しいものになる。多少の地位もでき、付き合いの範囲も拡がっているから、人間関係も普通な

ら複雑になっている。と同時に持ち時間はどんどん縮まっているのを感じている。さらに自分の残り時間だけでなく、娘は間もなく嫁に行くだろうし、息子も就職すれば、地方転勤になってしまう。親子が共に住む期間もそんなに長くはない。自分の生涯が短くなっているだけでなく、親たちの生きる時間も残り少ない。そうしたことをあれこれ思うと、焦りを感じてどれも手につかない、という人まで現われる。

諦《あきら》めることなのだ。できることとできないこととがある。体力、気力の限度がある。諦めて詫びる他はない。それだけに、一瞬でも、人や家族に尽くせる瞬間があったら、それを喜んで大切にしなければならない。

人間は必ず、どこかで義理を欠いて後悔と共に生きる。　　　　「中年以後」

「よくよく話しました。家内は再婚だったんですが、そのことを後悔するようだったら、自分と結婚しない方がいい、と何度も言ったんです。でも僕はよく考えて、別に自分の子供は持たなくてもいい、と考えたんです。家内は信仰の厚い人ですから、僕と結婚しなくても、穏やかな生活を保って行けるとは思いましたが、僕といる方が幸せだと言ったんで、僕はそれを信じることにしたんです」

大槻さんはそれ以上は言われませんでした。しかしその短い表現の中に、私は人間の選択というものの重さを考えていました。人間はいつだって、何か一つを捨てなければ、一つを得られないのです。「ブリューゲルの家族」

病院で人を求めていると教えてくれる人があって「何の資格もないんですけど、いいんですか」と聞くと、看護助手だから、看護婦たちの助手の仕事をすればいいのだと言われたのである。

給与は前の職場の半分近くに下がってしまった。しかし貧しさに脅えれば、死にたいという欲求が減じるというからくりが、わりと早くからわかったのである。誰かを当てにするのではなく、自分一人しか自分を生かす者はない、という状況に自分を追い込むことしか、このどん底の気分を奮い立たせる方法はなかった。心の病気の治療代と思えば収入が減ることも仕方がないのではないか、と思う。人間はただで、病気を治すことなどめったにできはしないのだ。

「極北の光」

日本製の車椅子は、自宅内かコンクリートで舗装された道だけを移動することを想定している。そして事実、今まで障害者は周囲の保守的なものの考え方に包まれていて、家の中でただ手厚く見取られていればいいというふうに思われていたのかもしれない。

しかし私たちの旅行では、イスラエルの南部砂漠でベドウィン（放牧民）のテントに野営もするのである。

そういう砂漠に耐える車椅子などは全く考慮されていない。車椅子だけではない。人生では余力を残すということが必要である。

英語で言うヘビィ・デューティーという言葉は重負荷とでも訳するのだろうか。とにかく強い外部の力に耐える能力を残しておく、という思想は大切だが、その配慮は一般に放置されている。もちろん単価を安くするためと、軽量化のためにはそうするほかはないのだろうが、埃《ほこり》のない、平坦な、自然の影響を受けない所でしか耐えられない人も物も、実にうすっぺらで魅力がないのである。

「自分の顔、相手の顔」

最善だけがすべてではない

「等松さんは、そういうことない？　私は海で月を見ていると、ああ、私の生涯なんかどんなだって大したことはないんだ、どうだっていいんだという気がして来るの。だってあなたも私も、望んでこういう人生を送ったんじゃないでしょう。自然に流されてこうなってしまったの。能力の限界とか、偶然とか、家族の都合とかあって……どうにもできなかったとこあるんじゃない？」

「寂しさの極みの地」

八月十六日付けのシンガポールの新聞『ザ・ストレイト・タイムズ』で読んだ記事なのだが、パキスタンのベナジール・ブット首相は、一九九二年十一月生まれの、生後二十一か月になるシャム双生児の手術費用を出すことになった。

この双子は女児で、ニダとヒラと言い、頭のところで結合している。生まれた時から二人はずっと病院にいるが、彼女たちの父親のアンウェル・ジャマール氏は貧しくて、百五十万円相当の、分離手術の費用をとても出せない。彼は配送の仕事をして、やっと月に七千円の収入があるだけなのである。

脳外科主任医師のイクティダール・ハミド・バティ博士によると、ブット首相は双子の記事を新聞で読み、分離手術のためのお金を出すことを申し出た。手術はこれから数か月以内に、合衆国かイギリスで行われる予定である。

双子は頭蓋骨と脳を共有している。二人のうちの一人は、手術台の上で恐らく死亡することになるだろうし、残る一人も生き残るチャンスは非常に少ない。それでも父親のジャマール氏は、手術が行われることを望んでいる。

もし日本でこのようなことが行われたら……と思いかけて、私は思いなおした。こういうことがほとんど行われない、というのが日本の特徴なのだ。

もちろん、私たちは子供たちの正確な状況を知らない。また、親たちが直面して来た困難もこまかくは推測することができない。しかし父親は二人が二人共死亡するよりも、一人でも生き残ってくれることを選んだ。これは父親の選択なのだ。だからブット首相も、そのことに手を貸そうとしたのだろう。

日本だったら、恐らく「人道的」な論争が巷《ちまた》に溢れるだろう。一人を見殺しにするのは残酷だ、という麗しい考え方が主流を占める。だからもし総理が、一人を助けるためにお金を出したなどということになったら大変だ。あの総理は「一人の人間の命は地球よりも重い」ということもわからない、という非難の矢面に立たされる。

じゃ、どうすればいいのですか、という答えにはほとんどの人が答えようとしない。二人は運命共同体なのだから、生死は二人の共通の運命にするべきです。とさえ言うのを憚《はばか》る。そして父親が子供の命を私物化するのはけしからん、というようなところまで発展する。

誰もこういう問題には正確な答えを選ぶことができないのだ。だから子供たちを最も愛している親が決めればいい。親は二人とも見殺しにするくらいなら、一人でも助けたいと考えた。

最善の結果などというものは、そうそう世間で得られるものではない。だから私たちは、次善を選ぶ。次善を許さない発想の社会というものは、私には却って恐ろしいのである。

「流行としての世紀末」

途上国援助はもちろん続けられた方がいいに決まっている。しかし私たちは、永遠にそのことをやれるわけではない。私たちは、継続のために全力を尽くすだろう。しかしそれでもなお、お金の補給が続かないようだったら、私たちは謝ってしまってやめればいい。その間数年間だけ、或る施設の子供たちがお腹を空かさずに済み、或る学校の分教場ができ、数人の女性たちがミシンの掛け方や食物に関する栄養の知識を得る。それでも幾分かの任務を果たしたことになる、というのが、私の考え方だった。すべての人が、自分の生まれ合わせた同時代の、それも数年間か数十年間、お役に立って死ねばいいのである。組織も人も、いつかは消えて当然だろう。それも自分勝手に止めた、では申しわけも立たないだろうが、お金がどうしても集まらなかったら、止める他はない。それは私たちの責任ではないから、神はそれを非難なさるまい、というのが私の考え方であった。

「神さま、それをお望みですか」

人は不得手な部署にも移らねばならない。そうしないと、組織が硬直《こうちょく》する。

そして人は不得手だと思う場所で、意外な才能を発揮することもあるのである。

「運命は均される」

「答えを出さない」という才知

人の噂だけじゃわからない。総《すべ》ての事象に必要なのは、見確めることであって、判断はその後でいい。ひどい場合は一生、判断さえしなくてもいい、しかし見ることは必要だ。

「テニス・コート」

数年前に転んで骨折した時、私の事故を目撃していた夫は、私の足首から先の向きが変わってしまっているのを見て、悪く行くと私は一生車椅子、うまく行って杖をついて歩くようになるだろう、と思ったという。それがどうにか骨がよくついて、私は一応普通に歩くようになったのだが、やはり継いだ茶碗は継いだ茶碗である。時々足首の力が抜けたり、痛んだりする。

しかし私はあまりそのことを気に病んだことがない。若い時の傷なら、これから先長い間使わねばならないのだから、直り方がいいかどうかは深刻な問題だ。しかし年を取ると使用年限は大体見当がつくから、完全でなくても、どうにか死ぬまで保てばいい、と気楽に思えるのである。

（大阪新聞連載コラム 99.6.22「自分の顔　相手の顔」）

・

どんなにいい意図を持った先生であろうと、生徒のことなど、本当に理解することは本来不可能なのだ。それが人間の宿命なのである。

しかし四十人学級でも、眼が届かない、ということになると、だんだん世間はぜいたくになり、三十人学級がいい、二十人学級でも多過ぎる、十人でもだめだ、ということになって、今に一対一、生徒一人に先生一人でなければ、ほんとうの教育は不可能だと言い出すかも知れない。私はそれよりも、先生も友達も、ほんとうに自分を理解してくれるなどということは、人間的にも物理的にも不可能なことだ、と最初から思い諦《あきら》め、自分で自分を保ち、自分で自分を教育する癖と強さをつけた方がいいと思う。

（大阪新聞連載コラム 99.11.24「自分の顔　相手の顔」）

「今日、答えを出さなくて、いいのよ。答えを引き延ばす、っていうことだって偉大な知恵なんだから。私なんか長い間、その手でどうやらその場しのぎをやってきたんだわ」

「そうですね。ある朝、突然に、ものの見方が変わっている、ってことはありますね」

「飼猫ボタ子の生活と意見」

人間は、実によくものごとを選んでいるものであった。楽な方、楽しい方、得になる方を、信じられないほどの素早さと正確さで選んでいる。「夢に殉ず（下）」

○私の「ほどほど」メモ

5 人生は計算通りにいかないから面白い

正義感だけでは生きていけない

人を生かすには、自分も生かさなければならない。飛行機が緊急着陸をすることになり、酸素マスクが下りてきたら、幼い子供を連れている人はまず自分が酸素マスクをしてから、子供にマスクをつけさせることが指示されている。それはまず自分の意識が保たれなければ、幼児を脱出させる人がいない、という現実的な問題からものごとを見ているからである。

三人の親たちと暮らしていた時、私たち夫婦はまず自分たちが平凡に生きることを目的にした。私たち夫婦が倒れたり、離婚したり、ヒステリックになったりすると、三人の親たちの行き場がなくなるからであった。

おむつを換えてあげたい、という思いも、長くなれば疲れて辛くなる。しかしせめて家族の最期には、そういう時期があって当然だ、という思いも自然である。

「おむつの世話はやだ」と言いながら、遂に世話をしてしまう人も私は好きなのである。やだ、やだ、と言いながら、人間はしなければならないことを心のどこかで承認している、おかしくて偉大な存在である。

（大阪新聞連載コラム 99.12.1「自分の顔　相手の顔」）

ルワンダの虐殺の証言は、分厚いものになる。そしてその結果、間違いなく語ることができるのは、すべての人々は、その受けた教育も、社会的立場も、貧富の差もなく、誰でもがいともたやすく殺す側に廻り、そのような結果について、必ず素早く、弁解の言葉を用意することができるということだ。

私もその場にいたら恐らく同じことをするだろう。殺されるよりは、一足早く殺す側に廻って、自分が殺されるのを防ごうとするに違いない。一旦、その狂気を実行に移せば、あとは惰性でどこまでもやって行ける。その間にキリスト者として、自分がそうせざるを得なかった理由を、神は十分にご存じだった、という心理を作りあげて行くのである。

自分が死んでも、他人を救うことができる人など数少ない。ルワンダの人々は、そうしなかった人を極悪人として告発したが、私はそれは普通の人だと感じている。「部族虐殺」

南京《ナンキン》の虐殺の時にいたら、私にも狂気がうつって人を切り殺したような気がする。飛行機が山中に落ちて幸運にも生き残った人々が、空腹のあまり死んだ人の肉を食べ始めたら、私もやはり口にするに違いない。ロッキードやリクルート風の汚職くらい、私だってその立場にあってチャンスがあったらやるだろう、と私はいつも思っている。革新派、社会主義政党も、政権を取ったら保守政権が見せるのと同じ堕落の道を辿《たど》った、という例はいくらでもあげられる。だから人間は誰でも五十歩百歩なのだし、肉体的に傷めつけられたら、信仰を棄てるくらい朝飯前なのである。

辛い目に会いそうになったら、まず嵐を避ける。縮こまり、逃げまどい、顔を伏せ、聞こえないふりや眠ったふりをし、言葉を濁す。

このように卑怯に逃げまくる姿勢と、正面切って問題にぶつかる勇気と、両方がないと人生は自然に生きられない、と私は思うようになったのである。

逃げることを知らない人は、勇敢でいいようだが、どこか人間的でない。うちひしがれることを自分に許せない人は、外からみてもこちこちな感じがして近寄りにくい。

同様にいつまでも逃げている人は、決してことを根本から解決することもできない。


「悲しくて明るい場所」

予測、希望が裏切られたらどうするか

私たちの多くは、すべてのことを知ることなどできない。物理的にもできないし、少なくとも、私自身は能力としても不可能である。わからないことは、わか

らないと言うか、沈黙するほかはない。そしてわかっていることでも、それはデータに基いて部分的にわかるに過ぎない。

「部族虐殺」

しかし幸福に関しても不幸に関しても、人生は凡《およ》そ期待する通り、或いは想像する通りにはならない。常に現実は予想を裏切り、人間の期待を嘲笑《あざわら》う。私はそれを何度も体験した。そしてその度に辛く感じたが、今ではその感覚が好きになった。

未来に対する自分の予測など、当たった例《ため》しがない、と思う時、私は多分、少しは思い上がらずにいられるからである。それはどんなに社会の構造が変化しても変わらない人間性の限界を示すものとして、未来永劫《えいごう》なくならない運命なのだろう、と思う。

「狸の幸福」

若い時は自分の思い通りになることに快感がある。しかし中年以後は、自分程度の見方、予測、希望、などが、裏切られることもある、と納得し、その成り行きに一種の快感を持つこともできるようになるのである。つまり地球は、自分の小賢しい知恵では処理できないほど大きな存在だった、と思えるようになる。そう思えれば、まずく行っても自殺するほどに自分を追いつめることもないだろう。反対にうまく行っても多分、自分の功績ではなくて運がよかったからだ、と気楽に考えられるのである。

すべての人がそうだ、とは言えない。しかし世の中が算数通りだとしか思えない人、或いは算数通りにならないと怒る人は、写真の中でただ年を取るだけだろうし、算数の乱れを面白がれる人は、恐らく若い時の写真よりも、年を取ってからの方が面白い人物に写るのだと思う。

「中年以後」

自分を許すということ

私たちは実にめいめいが違った自己中心的な生き方をしている。私など自分がいかに世間の常識からはずれた考え方をしているか、ということを日々思い知らされ続けて生きて来た。ほんとうは人間は誰もが程度の差こそあれ、例外なくどちらかに偏《かたよ》っていて、誰からみても、礼儀正しく中庸で賢く、始末のいい生き方をしている人などごく少数しかいないのだが、人間は、自分だけはまともで、正しくて、穏当で、目があって、ぼけていない、と感じている。

柔らかく受け入れて、自分は変わらない、ということは実は至難の技であるらしい。

（大阪新聞連載コラム 99.1.12「自分の顔　相手の顔」）

この数ヵ月、日本の金融のでたらめぶりが暴かれた間に、実に多くの人たちが自らの命を絶った。官庁、銀行、会社、どこにでも自殺という形で暗い最期を迎えた人がいた。残された家族はどんなに辛かったろう。

それらの人々は、皆「自分はなくてはならない人だ」と思っていたのかもしれない。だから人を庇《かば》ってあるがままの証言ができなかったり、こうなったら人生はお終いだと思ったり、すべての責任は自分にある、と思いこんだりしたのである。彼らはたぶん律義で、責任感に富み、自分に自信があった。だから無責任な自分、能力の無い自分、汚名の中にいる自分、を許せず、死ぬ他はなくなったのである。

しかしそんなことはないのだ。人は大体誰もが平凡で、「ろくでなし」で「能なし」である。今までうまくやって来たとすれば、運がよかったか、他人が図らずも庇ってくれていたからに過ぎない。

そう思えると、心は実に自由に解き放たれる。視野が広くなり、すべてのことが笑いで受け止められる。その方が得だと思うのだが。　　「中年以後」

人生というものは、意識的にだけいいことをするわけではない。無意識のうちに人を育てる役を振り当ててもらうこともある。反対にいいことをしようと思っても、それが「余計なお世話」になることもある。

（大阪新聞連載コラム 99.5.12「自分の顔　相手の顔」）

「どう生きても大した違いはない」

もっと平たくいうと、愛されてるかどうか、なんていうのは、必ず、過大評価か過小評価が行われているということです。だから、計算してもしょうがない。自分でその計測器の針を少ないほうか大きいほうに振るということをしてるわけだから。

生きていれば自然に不安はもつわけで、不安を感じること自体は人間的なことですよね。やめろといってもやめられるものではないから、正確な数値が出ないということを理性でどうしていくかということでしょうね。

「人はみな「愛」を語る」

「でも、山へ行くと、自分の人生が見えるんだそうです。そしてそれをとても軽く思えるんだそうです」

普段無口な弟が、それだけでも私に喋ったのは、客へのサービスということだったのでしょう。

「軽く思うのが、いいわけね」

それも私の気楽な相槌というものでした。

「さあ、自分にもわかりませんが、重く思うのはつまらなくて、軽く思えるのがいいんだそうです」

「今は、誰も自分の人生を重く重く思ってますからね」

「山へ行くと、自分が大地と空の半分くらいの位置にいると思うことがあるんだそうです」

「そりゃ、そうでしょう」

「そういう所にいると、もう半分くらい死んで、あの世に行きかかっているな、と思う時があるんだそうです」

「へえ、半分死んでる、ってどんな気持ちかしらね」

「とっても軽い気持ちなんだそうです。自分がこの世でどう生きても大した違いはない、と思えるんだそうです」　　「ブリューゲルの家族」


人は自分の人生こそ、唯一無二の貴重なものだと考えたがる。だから、そのような人生を、自分は語るべきだし、語る価値はあるのだし、人はそれを聞くべきだ、というふうに考えたり、行動に移したりする。

しかしそれは、甘い考えだ、と私は幼い時から母に教えられたような気がする。もちろん人は、どんな人でもろくでもないことをする。だから、私もまた、世間にある総《すべ》ての愚行をするだろう。しかし得々として自分を語ること。自分の体験なら、すべての人にとって意味がある、というように思うことだけは避けたくて、私は今まで自分の心の遍歴をまとめて書いたことはなかった。

「悲しくて明るい場所」

私はもう間もなく死んでしまうのだからどうでもいいけれど、生き延びるためには、皆が利己主義ではやっていけない。人を疑っても、利己主義にはなってはいけない、ということになる。

「流行としての世紀末」

弱さの中に潜在する価値

現在、今この瞬間の自分の顔だけではなくて、過去の顔、裏の顔もあることを忘れなければいいのだと思う。そして敢えていえば、それらの幾つもの顔が矛盾に満ちてあることを自覚しつつ保ち得れば、それがむしろ私たちの弱い性格の補強になるのである。

それらはすべて変化の中で成就《じょうじゅ》される。だから人間は、卑怯を自認しつつ正義を行いうるものであり、間違いつつ正しさを模索しうるものであり、受けながら与えることもできるものなのである。最初からためらいがない人、心が揺らがない人、前言を取り消さない人、というのは、だから人間としてはむしろ異常だということを私は知ったのである。

その緩《ゆる》やかな時の流れを認められない人は、つまり人間らしくない、と言ってもいいのかもしれない。「悲しくて明るい場所」

カトレアの故郷は、かなり高い木の上だという。木洩れ日が当たり、風が吹き通り、驟雨《しゅうう》が吹きつけるが、それがまた風ですぐ乾く。それがカトレアの好きな気候なのである。

すべて植物はそれが本来いた所に近い環境を作ってやればいい、と新聞には書いてある。自分はどこなのだろう。そしてあの幸子の魂の故郷は……と恭介は考えた。結婚する時、二人は似たような環境にいるような気がしたからこそ一緒になったのだ。しかし、四分の一世紀が経ち、一人娘も結婚して夫と共にニューヨークに行ってしまったあと、夫婦二人だけになってみると、各々の居場所はかなり違って来てしまっているような気がする。

恭介は自分が単純な人間であることを知っていた。

若い時から向上することを疑ったことがなく、ひたすら働き、その結果会社で重く用いられるようになったことを当然とし、喜び、それに報いようとしてきた。その姿勢は今も変わってはいない。しかし九十パーセントを占める常識の奥に、妻にも説明したことのない気持ちが、ひっそりと居坐るようになったのも事実である。

強いて言えば、それは、この世のことを執着し続けてどうなる、という疑念のようなものであった。

「父よ、岡の上の星よ」

○私の「ほどほど」メモ

6

自由な人生、不自由な人生とは

流行を追わないというだけで人生は気楽になる

私はとにかく人と同じことをしない方が楽だ、と実感していた。流行の考え方、流行の生き方は、見ていても辛《つら》いのである。群を外れれば、歩くのは楽なものだ。

「部族虐殺」

悪い状態、ひどい評判から出発することは幸運だとさえ言える。それより落ちることがないからだ。しかし人はなぜかしきりに、評判のいい地点に行きたがる。有名大学に入り、いい会社に勤め、名家の息子と結婚したがる。いずれも絶頂というのは落ちるだけの運命にある。

私に言わせれば、今流行している学問をすれば、就職は必ずむずかしくなる。しかし人があまりやりたがらない分野のエキスパートになれば、職に就くことなどたいしてむずかしくはない。

「自分の顔、相手の顔」

私は日本財団というところへ就職して、たった一つだけ自分の才能だと思えるものを発見した。どんなエライ人から頼んで来ても、断るのにいささかの心の痛みも覚えないで断れる、ことであった。「部族虐殺」

なぜ、当時悪評に塗《まみ》れていた日本財団の仕事を引き受けたのか、とよく聞かれる。答えは簡単だった。私は以前から日本財団の理事だった。そして当時の日本財団は、はっきりした根拠なしに猛烈ないじめに遇《あ》っていたので、その嵐の中では、誰が会長職を引き受けても、その人の経歴にも立場にも傷がついたのだ。

しかし私は作家で、初めから傷つくべき立場も名誉もなかった。その上、悪評のどん底にいるということは、私にとっては、むしろ一つの安定に思えた。

私は狡《ずる》かったのだ。

財団が悪評のどん底にいたから、会長のポストを引き受けた。いい評判の最中にあったら、多分断ったと思う。これ以上悪くなりようがない、という状態は、希望に満ちたどん底なのだ。もう運命は上りに向かうしかないのだから。
それに自分に責任のない誤解をもとに叩かれるという状態は、実に劇的で爽《さわ》やかなものだ。私をなじる人があったら、少なくとも私はまじまじとその顔を眺めることにしよう。

「運命は均される」

戦後、皆が開かれた学校を当然とした時にも、私たちは学校から、パーマネントをかけることも、チューインガムを噛みながら歩くことも禁じられた。私たちはイギリス人やドイツ人のシスターから、日本に伝わる儒教的な礼儀作法を守るように教育された。
戦前の体制が続いている間にも、私たちは魂が深奥《しんおう》の部分で崇《あが》める相手を、決して変えたことがなかったように、国が負けた後も、その過去をすべて否定することはなかった。私たちは軽薄に時流に流されることに抵抗することを教えられた。外の人はどう考えているかわからないが、それは、私にとっては、すばらしい教育であった。

「流行としての世紀末」

子供の頃、カトリックの学校で、よその方のなさる祭儀には、常にその方の幸福を祈りながら、礼儀正しく、そのご宗旨のやり方に従いなさいと教わった。それで自分の信仰が侵されるというわけでもない。その程度のことで侵されるくらいなら、もともと信仰はなかったのだから、侵されても別に悲劇ではないのである。

「狸の幸福」

そんなふうにして、私は自分で自分の文章を批判して創作の行きづまりを切り抜けることがあった。その場合、子供じみた話だが、書きかけの原稿用紙を反対向きに置いてみた。反対の方角から、ものごとを見るという姿勢を作るために、幼稚だが効果があったのである。

会議の時、議論が紛糾して、私の中にも言いたいことがふつふつと沸き上がる時もある。しかしその時、私はよく、外の景色や、(不運にも壁に向かっている席だったら)かかっている絵や、それさえなければ壁のカレンダーの絵を見ることにしている。それはつまり、現在皆が注視しているものと、別な方角を見るという姿勢だった。

私はそうやって、自分の心に溜《た》まる第一次の心理的な圧力をまず抜いてやることにしている。この行為は、料理のあくぬきという手順とよく似ている。一度沸騰したものを、わざと煮零《にこぼ》すあの手順である。本当に強い人には不要なことなのだろうが、私は精神が強固ではないから、こういう減圧操作が必要になって来る。

景色の観賞の仕方も同じであろう。人はまず、表庭の、或《あ》るいは海側の、川側の、山の見える眺望を楽しむ。しかし同じ旅館でも、中庭の眺めもまた違った味がある。或いは炊事場や道や物置や洗濯場の見える裏庭の眺めの方が、変化が多いことさえある。

皆が軽井沢《かるいざわ》へ避暑に行く時には、私は軽井沢を避けた。旅行はむしろ人が行かない所へ行くことを選んだ。職業は人が嫌がり蔑《さげす》むものを選んだ。昭和二十年代には作家とはまさにそういう職業であった。そういう視線でいれば、食べられなかったり、行き詰まったりするということはあまりない筈だと、身近な青年たちには教えたいような気もしている。

「二十一世紀への手紙」

代償を払ってでも手に入れたいもの

権威主義はなにより自由を妨げる。相手の気を損《そこ》ねると怖い、という間は、魂の自由も得られそうにない。

私は日本の地方文化の中にも、それを感じる時がある。村の人の思惑、親戚の人の意見、土地の良識、と言ったものを、私は決していちがいに拒否するのではない。しかしそれを鵜《う》呑《の》みにして、悪口を言われることを恐れている間は、人は束縛を嘆く資格はない。

もちろんそれは、何でも勝手をすればいいということではない。私たちは一人で生きているわけではない。「おかげさま」で生きているのである。だから、私たちは相手が感謝をしなくても、尽くさねばならない。

しかしハンドバッグでさえも、私たちはお金を払って手に入れるのだ。自由も水も空気も、ただではない。それなりの代償を払って得るのである。自由の代償は、お金だけでは済まない。悪評、孤立無援の思い、危険、誤解を受ける恐れ、を覚悟しなければならない時もある。それを払って自由を手に入れるか、あくまで人の評判を気にして自由を諦《あきら》めるかの選択は、全く個人の自由に任されている。

「悲しくて明るい場所」


もちろん、私たちは病気にはかからないほうがいいし、暑い日にはエアコンがあったほうがいいけれども、原則は居心地の悪い世界がこの世であって、それに耐えるときに人間になるんだということを忘れてはいけないんですね。

「人はみな「愛」を語る」

あえて暴言を許されるなら、偏《かたよ》らない思想というものも現世にはなく、もしあったとしてもそれはあまり意味もなく、おもしろさもないであろうと思われるから、私は偏っていることを認識しつつ、偏ったままで生きることにしたのである。

「二十一世紀への手紙」

人のお金は怖い、というのが私の実感だ。私も今仕事の上で人のお金を扱っているが、職場でいつも繰り返すのは十円のお金でも、何のためにどう使ったか、いつでも詳しく説明できる体制を取れ、ということだ。お金は出先と目的を正確に示すことができ、またその必要性に関しては、どれだけでも人間的な側面から説明ができるものだ。それができない時は疑われても仕方がないのである。

（大阪新聞連載コラム99.2.9「自分の顔　相手の顔」）

お金は自分が稼いで、自分が使う。それが原則である。親からもらったものでも、人からもらったものは不自由なものだ。

「中年以後」

時間がいくらでもあるってことは、才能のある人ならいいんですけど、平凡な人には不安で仕方がないことでしょう。人間、規制されてるってことが、安心の第一ですもの。

「夢に殉ず（上）」

誰のために、何のために働くのか

仕事は辛《つら》いもので、労働はいわば生活のためにやむなくするものであり、それゆえに、労働時間はできるだけ短くし、時間当たりの労賃も可能な限り高く引き上げて、僅《わず》かな労働で生活をなり立たせ、後はできるだけ働かないでいたい、という考え方は、その労働が未熟練であることを示し、同じ労働者でも、その人はアマでしかないことを示している。

「狸の幸福」

洗濯室には、シスター・遠藤が最も尊敬しているマダガスカル人のやはり老シスターが働いていた。

来る日も来る日も、この老シスターは洗濯物の山と格闘していた。洗濯室は別棟にあり、屋根だけがあって流しが幾つも並んでいる原始的な作りであった。しかもいつ石鹸がなくなるか、という不安と闘い続けながらである。しかし彼女は祈りの名人であった。このシスターが祈ると大抵のことが聞き入れられる、と修道院の中では信じられている。だから難産の人の赤ちゃんがなかなか生まれなかったりすると、誰かが洗濯室まで祈りを頼みに行った。すると間もなく赤ちゃんは元気な産声を上げる、と信じられていた。そしてシスター・遠藤自身も助産婦なのに、洗濯室のシスターの祈りを大きな助っ人と感じていた。

私の知る限り、修道院では、洗濯室に最も徳の高い人がおり、そこによく奇蹟が現れる。それは、洗濯室がいわゆる知的な場所ではなく、むしろ3Kの仕事に属するからであり、神はむしろそのような最も人の嫌がる謙虚な場所にこそおられる、という信念が誰にでもあるからだった。

「神さま、それをお望みですか」

俺は、知的になろう、と思わなくなったのさ。というか、俺は能力のある人間だと思われない方がおもしろいような気がして来たのさ。末席こそ自由で、いい香りがする、と思うようになってしまった。

「テニス・コート」

私も若い時から、男たちと混じって仕事をして来た。泊まり込みで数週間も取材をしたこともある。そういう時、私は私なりに、男女の区別のない爽《さわ》やかな関係を保とうと考えたものであった。私は自分をユーモラスな立場に置くことが割とうまかったから、男たちと会うと、三十分以内に、あの人は、すてきではないが滑稽で気楽な人だ、という印象を与えることに大体成功できたのである。

徹底して女を意識しつつ仕事をする人もいる。私のように女を消して（などと言わなくても、初めからそのケは薄いからダイジョウブ、とも言われた）男と女の関係ではない人間の関係を確立する方が気楽だなあ、という選択をする者もいる。いずれにせよ、その境地を得るために、人は常にいささか戦法を考えて闘うものだろう。

痴漢を弄《もてあそ》ぶ女たちの投書を読んだこともあるし、極度にそういう人間関係を嫌って尼寺に入る人もいる。やり方はさまざまあるが、或る望ましい境地というものは、他人によって用意されるのを待つのではなく、自分で闘い取るという姿勢がいるだろう。

「悪と不純の楽しさ」

ベルギーのボードワン国王は内閣が中絶法案を成立させることに同意することは、自分の良心に照らしてできないとして二日間王位を退《しりぞ》いた。爽やかなニュースである。人は世間の風潮がどうあろうと、自分の信念に従って生きる時、輝いて見える。

「狸の幸福」

奉仕という言葉は、ギリシア語で「ディアコニア」というのだと私は教えられた。ディアは「何々を通して」という意味を持つ前置詞である。コニアは塵《ちり》のことである。つまり奉仕とは本来汚いものを通して行うことなのだから、「糞便《ふんべん》の始末をしてあげることでしょうね」と言われた神父の言葉を今も忘れられない。花を植えたり、歌を歌って上げたり、老人ホームのためにバザーを開いたりすることなど、こういう考えの前には奉仕とも言えない。

そのことを心に刻みこんで、私たちは若者たちと共に、ボランティア活動を考えなければならない。

「二十一世紀への手紙」

小心者に快楽を味わう資格はない

「でもこのごろ、何か大きな損をしたような気がするんです。私何にも、おもしろいことも危険なこともせずに来てしまったんですもの。悪いこともいいこともしないっていうのはいけませんよね。どちらかというと、いいことも悪いこともした方がすばらしい生き方ですもの。少なくとも死ぬ時、後悔しないような気がしますけど」　　　　　　　　　　　　　　　　　　　「寂しさの極みの地」

旅は本来、不便で、思い通りにいかず、何ほどかの危険や損失を受けることを含み、くたびれるものなのである。それを承知して、それでも新しい体験を取るか、それとも、そんなにお金がかかってしかもくたびれることはせず、ずっと家にいるか、それはその人の選択なのである。

しかし生の充実感というものは、人にとって実に大切なものなのだ。それがないと、人間は生きていてもどこかに不満を残しているし、死んでも死に切れないような気分になる。
安全がいいことだとはわかっているが、安全だけがいいのでもない。昔はこうした、もだし難い思いというものをわかってやる親も人も世間もあった。何より当人がそうした冒険を自分の中に認めていた。しかし今はそうではない。怖いこと、危険なことは一切しない小心なおりこうさんばかりになった。その時、人間性の一部も失われたのだ、と私は思っている。「自分の顔、相手の顔」

私は財団の仕事をするようになってから、マスコミにもどんどん業務の内容を見てもらうことにしたが、後で必ずいっしょにビールを飲みながら雑談をすることにした。ビール会社から決してワイロをもらったわけではないが、私は一ぱいの冷たいビールで人の心がほぐれるのを、すばらしいことだと感じているので、「官官接待、官民接待反対」の風潮に軽く反対することにしたのである。私は時流に乗ることも昔から好きではないのである。

誰が一缶のビールで心など売るものか。飲んで堂々と反対すればいいことなのだ。事務次官と審議官の悲しさは、あまりにも典型的なこの世の栄華（料亭の接待、自動車のさし廻し、ゴルフ場の権利など）に易々《やすやす》と心を売ったことである。

我が財団では、食堂のコックさんの作る焼きそばと蝦《えび》のチリ・ソースがおいしい。安いサンドイッチも、ほどほどのお鮨もある。しかし立食の小パーティーだから、何十人ものお客に対して、費用は微々たるものだ。私がいつも「お出しするのは、質素なものでいいんです」と言い続けているせいもある。

その代わり、私はいささか高くついても、ビールは決して壜《びん》を置かないように頼んでいる。そこが私のズルイところだ。おかしなものなのだ。誰でも和《なご》やかな空気があれば、相手にビールくらい注ぎたいと思う。しかし私が相手のビールを注ぐ瞬間を狙って、写真を取られることがわかった時、そのシャッター・チャンスには、いささか危険な悪意がある、と私は見て取ったのである。

その必要があれば、相手にビールを注ぐという自然で人間的な行為を私は止めることはしないが、その場合、缶ビールなら、曾野綾子が相手と黒い癒着をするためにごきげんとりのお酌をしているとは見ないのだ。壜だけがいけない……これが最近発見したおもしろい日本文化の約束ごとの一つである。

すでに、官僚だか公務員だかの感覚は異常になっている。だれでも友達になれば、お互いにささやかなおいしいものだの、旅行に出た時に見つけたちょっとした珍しいものだのを贈りたいものだろう。最近の公務員は、そのようなものを受けた場合でさえ、礼状の一つ寄越さなくなったのだ。もちろん礼状なんかほんとうはどうでもいい。しかし彼らが身の安全のために追放し粛正したのは、むしろ人間性と礼儀であることも、この際、付け加えておいていいだろう。「部族虐殺」

お金の問題はやはり低い次元の話である。しかし低い次元の部分には却《かえ》って単純明快なルールを自分で作っておかないと、心が腐ってくる。

得をしようと思わない、それだけでもう九十五パーセント自由でいられることを、私は発見したのである。

「悲しくて明るい場所」

今世間は、やりたいことをやることが生き甲斐だ、というようなことばかり言ってるけど、それは多分ほんとうじゃないんだよ。だから不満な人ばかりいることになる。したいことじゃなくて、するべきことをした時、人間は満ち足りるんだ。

「燃えさかる薪」

日本の航空会社の部長以上は、むしろ決して自国の飛行機に乗ってはならない。手分けして他社の飛行機に乗り、他社のサービスのいいところを、「スパイ」して来ることが任務だろう。自社の飛行機に乗れば、金がかからず、社員は平身低頭してくれて威張って旅行ができる。そんなことをしているから、現実がわからない。孫子《そんし》が、相手を知り、自分を知ってこそ、いかなる戦いにも勝てる、と言ったのもそのことなのである。

（大阪新聞連載コラム 99.9.29「自分の顔　相手の顔」）

ほんとうの道楽とは

好きですることは道楽である。そして道楽というのは、酒が好きか大福が好きか、というのと同じで、全く善悪とは無関係の行為だ。大福好きな人が、時にはその大福でもてなした人を喜ばせることがあるが、自分が大福を食べ過ぎて糖尿病にかかって死ぬこともあるように、道楽は表目にでることもあれば裏目にでることもある。

小説を書くという行為についても、私は時には社会に悪影響を及ぼし、時には結果的にほんの少し人の役に立ったこともあるのかもしれない。しかし多くの場合は無害無益でやって来たはずである。

しかしよい結果でも悪い結果でも、私の場合書くために必要な情熱は常に道楽だったのである。道楽を、当人の道徳性を計る目安にされてはたまったものではない。また、当人がいい人でなければ、その道を深めることができないなどという考えもおかしなものである。芸術は地道な訓練で太る場合が多い。しかし、はちゃめちゃでたらめ、非常識と思い込み、怨み嫉《つら》み、復讐の精神や理由のない嫌悪感、民族的確執などがその創作のエネルギーを支えて来た例はいくらでもある。

「悪と不純の楽しさ」

興奮の最大の目的は、退屈を断ち切ることである。私は一生で、退屈だけはしたことがないが、退屈ほど辛いものはない、と昔私に言った人がいる。もちろん女性であった。痒《かゆ》いのも、痛いのも、眠れないのも、皆辛くて残酷なものなのだが、人は自分が苦しんでいることが一番辛いと思う。

その時脅されたので、私は、自分もいつか退屈というビョーキをするに違いない、と恐れていたのだが、諸般の事情が悪かったので、私は退屈するほど優雅な生活を送る余裕がなかった。大金を失うと、借金をして人に迷惑をかけるから笑い事ではなくなるが、小さなことなら失敗を楽しむこともできるわけだから、私は気楽にしてみたいことがあり過ぎた。それに小説家などになったので、駅や飛行場の椅子に坐って人を眺めるだけでおもしろいと思う癖もついたのである。

「部族虐殺」

この頃、朝「今日はホットケーキを食べましょうよ」ということで一致すると、私はバターとメープル・シロップとお皿を用意して、ちんと座って待つことにしている。アメリカ風の薄いパン・ケーキを焼く技術にかけては、夫は私よりはるかにうまい、ということになったからである。私は昔から勝気ではなくて、自分より人の方がうまいということは、すぐその人にやってもらおうとする癖があった。その方が結果がいいし、私は楽ができるし、うまい人は自分の技術を見せる出番が廻ってくるということなのだ。双方にとっていいことが、この世にあるのなら、それをしない法はないではないか。

夫に言わせると、自分がいやいやさせられる、と思うと惨《みじ》めなのだが、自分が道楽ですると思えば、すべてなかなかの楽しみの種なのだと言う。道を楽にして楽しむ境地になるのがほんとうの道楽というものなのだろう。

「自分の顔、相手の顔」

「それは私のせいである」

怖い、とか、できない、とか言ってはいけないのだ、と私は自分に言い聞かせた。生きるということは、それらのことと戦うことである。

「二十一世紀への手紙」

自分の育った家庭が、この上なくいいものだった、という人に、出会う度に私は羨《うらや》ましかった。しかし反対に、そうでなかったという人にも時々会う。私自身、両親が私を愛してくれたことを疑ったことはないが、しかし呑気《のんき》で温かい家庭で育てられはしなかった。父母は仲の悪い夫婦だったから、私はいつも親の顔色を見てはらはらしながら暮らしていた。

しかし、だから私の性格が歪《ゆが》んだ、という言い方だけは、私はしたことがない。歪んだとしたら、それは私のせいである。親は精々で、二十歳くらいまでしか私の精神生活に深く立ち入らないが、私は私と生まれてから今までずっと付き合っているわけだから、私以外に私の人間形成に責任を負う人はいない。

「流行としての世紀末」

健康管理は蓄積だ。それは、宝くじを狙う人よりも毎日毎日ブタの貯金箱に小銭を入れる人の方がお金を溜めるのと同じで、毎日、暴飲暴食をせず、バランスのいい食事を何十年とし続けて手に入れるより仕方がないものなのであろう。

「自分の顔、相手の顔」

自分が言い出したことなのですから、文句も言えない。しかし運命を喜んで受諾もできないという人の迷いが納得できるでしょうか。「ブリューゲルの家族」

私の友達にも何人か、脳死段階において臓器の提供をしたいというのがいる。脳死段階において臓器を提供することに反対の人々は、自分の生命を主に肉体が生物学的に生きることにおいて考えているようである。しかし私の知人・友人たちは、その生の条件を、今までの自分とほぼ同じ精神の状態で生きることだ、と考えている。もちろん年をとれば、若い時は健脚だった人も歩けなくなり、記憶していたものもわからなくなる。しかしその人なりに「私」は、私らしい精神の反応を充分に示す個体であるはずだ。ただ無意識に呼吸を続けているだけが生きることであり、それを何とかして継続することが人権だ、などと、少なくとも私の場合は全く思えないのである。肉体の生、と、精神の生、は別ものとして存在している。

私は自分が今の自分と大きく変わった精神状態で生き続けるのがいやなのである。そうでない人もいて構わないが、それが私の好みの結果の選択なのである。今の自分がすばらしいと思っているからではない。誰もが七癖どころか七十癖くらいあって、たいていの家族はそれをおもしろがってもいるが、時々はそれに困らされてもいる。しかしとにかくそれが「私」なのだ。脳死状態のまま生きていても、或いはベッドから立ち上がって生き延びても(脳死からそういう状態にまで回復した例があるのかどうか私にはわからないが)脳波がかなり長い間フラットになった後で、「元通り」の能力と性格を取り戻すことはあり得ないだろう。自分が変化していたら、その状態で生きていたくはない、と考える人もいるのである。その変化が起きたのが脳死段階なら、その時点を自分の死と納得して、お役に立つなら臓器をさし上げる、という発想になるのだ。

「部族虐殺」

悪も自分で選び取ってやるのです。人の責任にはしません。

「ブリューゲルの家族」

人間は、私小説的体験でしかほんとうの仕事をしない、というのが、私の昔からの実感であった。病気、貧困、差別、暴力的な行為による不安な生活、戦争。それらのものはすべて願わしくないものだから、根絶するように動くべきなのだが、たまたまその体験をした者は、それを肥料にして、大きな仕事をすることもある。しかしこういうことを言うと、「あの人は、戦争もいいものだ、などと言っていた」という非難を受けるから、社会的に責任ある地位についている人は、誰も恐ろしくて、本当のことが言えないのである。

不幸を決して社会のせいにしてはいけない、と私は思い続けて来た。不幸はれっきとした私有財産であった。だからそれをしっかりしまいこんでおくと、いつかそれが思わぬ力を発揮することがある。しかし社会が悪いからこうなった、という形で不幸の原因を社会に還元すると、それは全く個人の力を発揮しないのである。

「神さま、それをお望みですか」

人はよいことをしても、悪いことをしても、せめて覚えていなければならないのではないでしょうか。心にもないことをしでかしてしまうことはよくありましょう。しかしそれを記憶することは必要だと思うのです。

「ブリューゲルの家族」

新しい「面白い!」を

先入観や迷信に惑《まど》わされないこと

訪問先でコーヒーは飲んではいけないが、渋茶なら饗応《きようおう》にならない、などというじけた発想に私は真っ向から抵抗したのだ。人から疑いを持って見られさえしなければいいのか。自分さえ堕落していなければ、無責任な人の疑いなど、勇気を持ってはねのけるだけの勇気がいる。

「運命は均される」

神なしで生きられるなら、それでいいのである。しかしそれならその信念を押し通すだけの信念も持ってほしいのである。自分や、自分の家族などが、病気にかかったり、遭難して命が危ぶまれたりする時でも、決して否定した神になど祈らない、という決意をすべきである。そういう時にもしかして祈りたくなるようだったら、神はいない、など大見得を切るものではない。苦しい時に神頼みをする可能性が少しでもあるなら、普段から神に義理を立てておくべきだろう。それが律儀な人間のすることだろう、と思う。
私は神という概念がないと、人間が自分の立場を逸脱すると感じるから信じているので、それはことに人生の危機に当たって重大な意味を持つ。信仰は今も昔も、神と人間を厳密に区別し、冷静な判断を保ちつつさらに深い迷いを持ち続けられれば、自制と疑念も残って危険でもなんでもない。

「流行としての世紀末」

迷信を信じてはいけません、と私は親から当然のこととして戒《いまし》められて来た。最近はそういう当然のことを教える教育さえなくなったのだろうか。夫も私がどんなばかなことをしても笑って見ているが、占いの領域に近寄ることだけは許さなかった。今まで運勢的によくないと言われる日にでも、私は旅に出たし、夫はそれを止めたことはない。それが私の職務なら私は受けるべきだからであった。

「流行としての世紀末」

正当防衛でも過失でもなくて、人を殺す時には、人間は一生をそれで終えて当然だ。改悛《かいしゅん》の機会はそれでも充分に与えられる。相手の命を絶っておいて、殺した相手が得られなかったような人生を自分は得ようと願うこと自体、おかしな計算である。

大きな声では言えないことだが、どうしても人を殺したいと思ったら、人間はそうする他はないのだろう。しかしその場合は、同等の重い対価を現世で払うことを覚悟しなければならない。つまり自分の死を覚悟することである。それで初めて人間は、自ら運命や結果を選び取ったという尊厳を保ち得ることになる。

「流行としての世紀末」

「天馬さんの奥さんは、お幸せですねえ」

泉三重という名前の隣のベッドの婦人は言った。

「そうですか?」

「何でもご主人さまが優しくしてくださるんだって、奥さま、言っていらっしゃったわ。何か頼めば必ず持って来てくれるし、いつ帰って来てもいいように、家の中を整えておくからね、っておっしゃるんですって？」

「それは僕がもう二十年以上失業者で、暇だからなんですよ。閑人ならそれくらいのことしないと、バチが当たりますからね。それに、僕の感じなんですけど、自分が幸福だ、っていうことを話す人、ってほとんど実は不幸なんですよ。そう言って、自分を慰めてるだけなんです」

「じゃお宅のご夫婦は不幸なんですか？」

「いや、僕は幸福ですよ。なにしろ僕にとっては、今でも女房がこの世で最高の女なんですから。でも女房の方はそうじゃないらしいってことがわかって、今、ちょっとショックを受けてるとこです」

翔はそれを少しもショックを受けているとは見えない顔で言った。

「でもとにかく、私は、お宅が羨ましいわ。私が前に胆石で七転八倒の苦しみをしてる時だって、主人は会社の仕事が先だったんです。外国の支店と、今が、定時の連絡時間だって言いましてね。『ちょっと病気の話は後にしてくれ』って言ったんですもの。私、その言葉を一生忘れないと思いますわ。痛みは、ちょっと待ってはくれないですからね」

「ご主人のような方が日本を経営してきたんですよ。当然家族は犠牲になりますよ。僕は社会の寄生虫ですからね。まともな虫は働いてますけど、寄生虫という奴はいつも暇だから、人に優しくできるんです」

「奥さまともいつもそんな調子で喋っていらっしゃるんですか」

「まあ、そうですね。うちには金がないでしょう。だから喋るっていうことが、一番金がかからない娯楽なんです」

「天馬さんはほんとうに、自由なお話のなさり方をなさるんですね。それじゃ、あんまり肩凝りなんかないでしょう」

「ええ、でも借金、というより、貧乏で首が廻らなくなることは始終あるから、同じじゃないですか」

「私は、一度でいいから、あなたみたいな楽な姿勢で生きてみたかったわ。私、長い間、主人の評判を傷つけまいとして、背伸びして生きてきてほんとうに疲れてしまったんです」

「でもそれでいいじゃないですか。一生、舞台の上で、お化粧して、衣装着て、踊りを踊り続ける人に、僕は深い尊敬を感じてますよ」「夢に殉ず（下）」

○私の「ほどほど」メモ

7

「最悪」とのつきあいかた

人生は平等でも公平でもない

個人の権利ということもそろそろ見直されるべきであろう。戦後、個人の権利が守られることこそ最高のものだ、と言われたが、必ずしもそうでもない価値判断もあるのである。なぜなら、強力な肉食獣が多いアフリカの自然で、か弱い羚《かも》羊《しか》が生きるためには、群の力を借りなければならない。それと同じで、人間もまた集団で自衛しないと個人の安全や生命さえ全《まっと》うできない。つまり個人の権利をいささか犠牲にしてでも集団の利益を考えなければ、生命の安全はもちろん、日常生活の便利さえも確保できないことが多い、ということを認識した方がいいのである。

自己犠牲は天皇制や権力者の存在に結びつくなどという古い観念にしがみついていると、広い意味で自分も他人も生かすことができないのである。もしできうれば、他人の権利はできるだけ認め、自分の権利はできるだけ棄《す》てることができるのが、最高の徳なのだが……そんなことを今の時代に言ってみてもとても理解されないだろう。しかし現実はそうである。

人間は平等である、という言葉も、長い間あまりにも安易に使われて来た。私たちは人間が平等であることを願うが、事実は決して平等でないし、運命もまた人間に公平ではあり得ないということを、親たちも教師も、決して容認しなかったのである。

人間を平等に扱う、人間に平等の運命を与えるなどということは、実際の問題としてできることではない。その最もいい例が、若くして死ぬ子供たちの存在である。どうしてその子が、何も悪いこともしていないのに、人並みな人生を送れないのだろう、という疑問に答えられる人は一人もいないだろう。信仰があれば可能かもしれないと思われるが、私は今ここで信仰を前面に出すようなことだけはしたくない。

むしろ人生は不平等である、という現実の認識を出発点として子供たちに教えるべきであろう。そこから、私たちはおもしろい脱却の知恵を学ぶのである。不公平、不平等は現世になくならないものだ、と認めた時、人間は次のように考える。つまり人間は、運命にも能力にも差があるのだが、制度によってできるだけ同じような程度の生活ができるようにしよう、と考えるのである。そして使命としては「多く受けた人は、多く返す」というルールを受け入れることになる。運動に秀でている人はその運動神経で、人より美貌に恵まれている人はその美しさで、人より数学ができる人はその才能で、社会に尽くし、それを使命と思い、奉仕することを当然と思うことである。平等でない運命を、しっかりと使う方法を考え出したのが、人間の知恵というものであった。

今、人たちが挫折感にうちひしがれており、未来に暗澹《あんたん》としたものしか感じられないというのは、これらの土台のところで、時代にも現実にも即さない先入観を、無理して必死に持ち続けようとしているからだろう。それが人道的な態度だと思い、自分は悪者になりたくないから、現実の姿にではなく、理想の姿に自分を無理やりに合わせようとしているところに、足場のない空虚な不安が露出してきたのである。

道徳的判断をする前に、まず現実を見ることだ。そしてしなやかな心で、既成概念を絶えず塗り替えることだ。それこそがほんとうの勇気だろうと思う。

「部族虐殺」

どん底は「これより悪くはならない」安定した場所

宇佐美は、夜の静寂の中に一人でいた。何ら紛《まぎ》らすものもなく、一人と向い合っていた。他人は宇佐美のことを強い人間だというが、自分はそう思っていない。宇佐美はその小心さの故に、何事にも早目に真正面から向い合いたいのであった。憎しみも、淋しさも、虚しさも、そのどん底まで下りて行き、ながながと、まじまじと、それらと向い合うと、宇佐美は少し安心する。これより悪くはならないからな、と思う。

「テニス・コート」

一九七一年、神父の死後三十年を経て、ヴァチカンがコルベ神父を福者という聖人の席に上げた時、その列福式には十万人の人がヴァチカンに集まった。その中の多くが、自分は果して、友のために命を捨てることができるのだろうかと、自分に問いかけたのである。

こういう切羽詰まった状態を考えもしないでいられる、ということは、それだけで一つの怠慢なのだが、この日本に、自分はヒューマニストだと考えていられる人がこれほど多いということは、多分その怠慢と関係がある。

「流行としての世紀末」

私たちは自分の生命を守るために、基本的な技術を自ら訓練しなければならない。それに該当するのは、次のようなものである。

長距離を歩けること、走れること、泳げること、ぶら下がれること、穴を掘れること、火をおこせること、綱が結べること、木に登れること、重いものを持てること、船を漕《こ》げること、自転車に乗れること、その他もう少し年齢が加われば、簡単な電気製品の使い方の基本知識、自動車を運転できること、などが入る。これらは、どんなことに巡りあっても、自分の命を保ち、仕事が円滑に行くために必要なものである。

あらゆる危険を予知できる能力こそ、生きるための基本である。しかし、現代の人たちは災害や異常事態の発生を全く信じていないところがある。

或る大学の先生が話しておられたことだが、「実験中に停電になったらどうする」と言うと、学生が「先生、今どき、停電なんてありませんよ」と言うのだそうだ。

はっきり言うと、こういう人たちは、たとえ天下の秀才大学にいようと、もっとも想像力の貧困な人々で、とうてい世の中の大事は任せられない才能だ、と私は思う。

生き延びるための基本技術は学問の手前にあるものと思うべきである。

「二十一世紀への手紙」

「今日は辛い日なんですか？　あなたにとっても」

「大して辛かないですよ。人間、食べるものがないとか、痛みを止められないとか、濡れたのを乾かすことができないとか、そういうことが一番辛いんですよ。今の日本には、そういう原始的な苦痛が存在しないから、くだらない苦痛が格上げされて大げさに感じられてるだけのことじゃないかな」　「夢に殉ず（上）」

常態には異常事態も含まれる

本当の貧しさというものを知らない日本人は、いつまでも、成熟した、母性的、或いは父性的心情に到達しない。よく日本は、世界的経済大国であると言いながら、豊かさを感じられないのはなぜだろう、と言う。

その答えは簡単だ。貧しさがないから、豊かさがわからないのだ。失業も老境も病気もどこかで保障されているから、それらで苦しんでいる人を救う気持ちに

もならないし、救われる喜びも知らなくなったのである。

貧困は悪いものだ。しかし決して悪いだけのものではない。それは人間の原点として輝いている。その出発点を知らない我々は、永遠に浮浪する浮かばれない魂にしかなり得ないのである。


「悪と不純の楽しさ」

・

しかしとにかく中年から必要なのは、危機管理の能力である。

危機管理というのは危機を予測して備えることだ。危機に備えるのは、未来形である。現状を信じず、悪いことを予測するのである。一般に現実にはない架空の未来を予想するということは、これでも少々は高級な知的操作だと言える。

危機というものは一般的に三つの種類に分けられるという。

第一の自然的災害は、洪水や干ばつ、火山の噴火、地震、崖崩れ、不測の伝染病の発生などをいう。

第二の国防的災害は、戦争の勃発、地域紛争の顕現化、難民の流入、テロの頻

発などのことだ。

第三の社会構造的災害というのは、世界的にまたは国内的にさまざまな理由から、食料や燃料の不足、などを来《きた》す場合である。

私たちは若い時には、こういう突然の運命の変化に驚いて立ちすくんでいてもあまり非難されることはない。独身で親や兄弟以外の家族がない場合もあるし、大きな意味でまだ成長の途中にあるのだから、自分のことだけで手いっぱいという言い訳も許されるのである。

しかし中年以後は、責任を回避するわけにはいかない。親が年取ってまだ生き残っていれば中年の息子は親の面倒を見る側に廻らねばならない。家族がいればなおのことだ。中年当人が父親でも母親でも、成長の途中にある者を何とかしなければならない責任を負っているのである。

前にも書いたことがあると思うのだが、私たちはいつも現在の生活を仮初《かりそ》めのことと思って暮らしていなければならない。私たちは計画を立て、好みを自覚して、日々を楽しく暮らせばいいのだけれど、そのような生活が経済的にも社会的

にも健康的にも、明日もまた続くという保証はないのである。

「中年以後」

常態というのは、異常事態こみで、常態なのである。

（大阪新聞連載コラム 99.9.22「自分の顔　相手の顔」）

○私の「ほどほど」メモ

8 潔《いさぎよ》く生きるということ

「失われていく」予感が教えてくれること

病気が治りにくくなるということは、死に向いていることだ。それは悲しい残酷なことかもしれないが、誰の上にも一様に見舞う公平な運命である。

しかしその時初めて人間はわかるのだ。歩けることは何とすばらしいか。自分で食べ、排泄《はいせつ》できるというのは、何と偉大なことか。更にまだ頭がしっかりしていて多少哲学的なことも考えられるというのは、もしかすると一億円の宝籤《たからくじ》を当てたのにも匹敵する僥倖《ぎょうこう》なのかもしれない。こういうことは中年以前には決して考えないことだった。歩けて当たり前。走れる？　それがどうした。オリンピック選手に比べれば、俺は亀みたいにのろい。ほとんどの人に感謝がないのである。

病気や体力の衰えが望ましいものであるわけはない。しかし突然病気に襲われて、自分の前に時には死に繋《つな》がるような壁が現れた時、多くの人は初めて肉体の消滅への道と引換えに魂の完成に向かうのである。　「中年以後」

死と自由とは、大きな関係がある。

人間がいつまでも生き続けるように見える世界だけを対象にしていると、私たちは判断をあやまり、大して重要でもないものにがんじがらめになる。しかし死の観念と共に生きていると、多少とも選択を誤らなくて済む。自分にとってほんとうに要るものだけを選ぶようになる。

それが自由なのである。死を前にした人はもはや死以外に怖いものがない。他人の誤解とか、出世とか、勲章とか、余分の金とかは、もはやお笑い種《ぐさ》であろう。代わりに必要なのは、愛であり、優しさであり、許しであり、生きて来たという手応えであり、神との対話である。

この世は私にとって、常にてっていして悲しい場所であった。どこを見ても、別離、病苦、裏切り、事故、などのおかげで、苦しい生を生きている人ばかりが目についた。幸福は長く続かず、不幸は安定していた。

しかし生きるに値しない場所だと心底思ったおかげで、輝くような見事な人の心にも触れた。濃厚な人生のドラマも見せてもらった。どんな悲しみの中にも、まるでそれを裏切るように薄日がさすにも似た生命力の漲《みなぎ》る日々があることも知った。

人生とは、多分そういう所なのだろう。それを嘆いてはいけないのである。人生は悲しいけれど、明るい場所なのだから。

「悲しくて明るい場所」

夫が食べないと言っても、魚は漬かり過ぎないうちに焼こうと心を決めた。昔は二人でない時は、手を抜いていた。しかし今は違う。一人でもきちんとした食事をする癖をつけようと、自分を励ましている。離婚した後の一人暮らしの予行練習であった。

「燃えさかる薪」

「落ちるところまで落ちれば、もうそれ以上落ちようがないの。だから、安定して気楽になるんだよ。落ちまいとして頑張っている人より、気楽にあたりを見回せるようになるんだよ」

「極北の光」

潔《いさぎよ》く死ぬ準備

人は一度に死ぬのではない。機能が少しずつ死んでいるのである。それは健康との訣別でもある。

別れに馴れることは容易なことではない。いつも別れは心が締めつけられる。今まで歩けた人が歩けなくなり、今まで見えていた眼が見えなくなり、今まで聞こえていた耳が聞こえなくなっている。そして若い時と違ってそれらの症状は、再び回復するというものではない。

だから、中年を過ぎたら、私たちはいつもいつも失うことに対して準備をし続けていなければならないのだ。失う準備というのは、準備して失わないようにする、ということではない。失うことを受け入れる、という準備態勢を作っておくのである。　「中年以後」

しかしやはり冒険はいいものだ。冒険は心の寿命を延ばす。若い日に冒険しておくと、たぶん死に易くなる。　「七歳のパイロット」


「千花が死んだことを聞いた時、私が真っ先に思ったことは、『あいつには生きる力がなかったんだ』ということでした。そういう人間は、つまり、いい悪いの問題じゃなくて、死ぬ他はないんでしょう」

「でも、どこかで悼《いた》んでいらっしゃるからこそ、この遺書をいつもお持ちなんでしょう」

「いや、そうじゃない」

成毛は言った。

「ただこの手紙を読んでいると、僕は、一人の人生が消えるというのは、こういうことなんだな、ということがよくわかるような気がするんです。僕たちは、せっせと働いて、死ぬまでに少しでも何かを残して死にたいなんて考えてるんですがね、しかしそれは、どうも思い過ごしですな。

僕などにしても、考えてることといったら、人事でも景気でも為替でも、泡みたいに消えることばかりでしょう。虚しいという点では、千花の生涯と五十歩百歩ですよ。あの二人は、その虚しさを実に完璧に教えてくれましたな。その意味では痛烈でしたね」

「そういう母子がいたことも、まもなく皆忘れますね。私たちが死んでも、すぐ皆忘れますから」

「それはすばらしいことだとは、思われませんか。忘れなかったらどうなります？　地球上、怨念だらけになりますよ」　「二十三階の夜」

いよいよ皆が最後のお別れをしてお棺の蓋《ふた》が閉められる時、会葬者は菊の花を入れたが、息子は数冊のノートと万年筆と眼鏡を入れるのが見えた。

葬儀社の人の手でお棺の蓋が閉められている間に、私は偶然傍《そば》に立っていた息子に小さな声で尋ねた。

「あれは……」

「いつかお話しした父のノートです」

「燃してしまっていいの？」

息子の眼には、もうそのことについて考え尽くしたという静かな表情があった。

「不平不満の記録を残しても、父としては恥ずかしく思うかもしれませんし」

そんなことがあるわけはなかったが、私はそこに息子の一つの愛情を感じた。

「僕も弱い人間ですから、父が僕を呪っていたなどと知ると、また父に対する恨みも抱きかねません。しかしこうして読まないで終われば、僕も多分、父の一番いいところだけを思い出に取っておくんじゃないかと思うんです」

彼はそう言ってから付け加えた。

「それに、人に対する恨みであろうとなかろうと、書くということは父のたった一つの趣味だったんですから、あのノートに父はこれからも書き続けるのがいいんじゃないかと思います」

人に対する恨みなど、書き残して死のうなどとは夢思わないことである。

「中年以後」

親たちの長寿を祝う、という気持ちが、家族にあるのは当然である。しかし六十を過ぎたら、その人は、人間として、いいところは既に生きたのだ。七十を過ぎたら、もっと余分にいいところは生きたのだ。だから、その後どれだけ長く生きたかということは、大した問題ではない、と私は思う。

年を取って醜いと思うのは、自己過信型になるか、自己過保護型になるか、どちらかに傾きがちになることである。別の言い方をすると、自分はまだやれる、と思い過ぎるか、自分は労《いたわ》ってもらって当然、と思うか、どちらかに偏《かたよ》ることである。これは、二つとも同じ神経の構造によるのではないか、と思う。

老齢になったら、自然に身を引かなければならない。それとなく、皆さまのお目に触れる機会を少なくして行くのが、死の準備として必要と思う。それは若い人をできるだけ立てる、という基本精神とも通じる。それは決して自分の好きなことを全く断《た》ったり、不当な遠慮をしたりすることではない。旅行でも、花作りでも、囲碁・将棋でも、できる範囲の個人の資力・体力でやれることには、なんら差し障りはないのである。

しかしいつ倒れるかわからない恐れのある年齢に、選挙に立つなどということは、仮に任期いっぱい元気でいられたとしても、醜悪なことだ。「狸の幸福」

私も昔は、人並みに家や自分の血のようなものが続くことの方が安定しているような気がしていた。しかし次第に、そんなことは小さな小さな問題だ、と思えるようになった。それより、一人の人が、生きている限り、どれほど自分の希望する人生を送れるかが重要だと思えて来たからである。

「悲しくて明るい場所」

「ありがとう」を別れの言葉にする

希望を持って死を受け入れることができるには、幾つかの条件が要りますでしょう。望んだことをもう充分にやった、ということもその一つなら、愛し愛された、という自覚もそうです。この世が、ろくでもないところだったから、死ぬのはけっこう楽しみだ、と言う人もいましょう。私の知人の盲人の方は、まだ六十五歳くらいですが、自分の死ぬ時が本当に楽しみなのだそうです。死んだ瞬間から、見えなかった眼にぱっと光が入って来て、ただならぬ光景を楽しむことができる。「それを思うと楽しみですねえ」と言っておられました。

「ブリューゲルの家族」

それからの私は、死に対する恐怖がない、と言ったら嘘になりますが、今までとは全く違う不思議な濃密な時間を過ごすようになりました。

それまでの私は、実は不満だらけの人間でした。村の人々との小さな人間関係の摩擦にも、夜床に入ってから眠れないほど悩んだこともあります。農協の役員たちのやり方が気に入らない時など、胃が痛くなったものです。家内の兄たちの金銭に対する執着の浅ましさを知ると、家内には何の責任もないと知りつつも、つい彼女に対して機嫌《きげん》の悪い言葉を投げつけました。

しかし残された時間がいくらもない、と知った時、私は急にそれらのことがどうでもよくなったのです。私は隣家の連中が私の家のことを何と言っていようが、農協の人事がどれほどでたらめだろうが、家内の兄たちがどれだけ金に関して呆《あき》れ果てた強欲さを見せようが、全く気にならなくなりました。それは彼らのことであって、私に関係したことではない、とはっきり思えるようになったからです。

「讃美する旅人」

　ただ一人の途方にくれた人間として、死をどのように受け入れるかを考える時、私が普段から実行している二つのやり方を話した。それとても、最期になって私に有効かどうかは全くわからないものなのだが……。

　その一つは、私が今までに受けた楽しかった体験は大切に記憶し、私が直面した辛いことは、これまたしっかり覚えておく、ということだった。楽しかったことは、自分が人間としてもう充分に「いい目に会わせていただきました」と納得し感謝するためであり、辛いことの方は、「死ねばこんなことにもう耐えなくて済む」と喜ぶためであった。どちらもまあ、小心な者だけが思いつくことであろう。

　自分が人と比べてどれほど幸福だったか、辛かったか、などということは、本来は計りようがないものなのである。しかし時々ふと、新聞などを読んでいると、こういう人もいるのかなあ、とその人と自分を浅ましく比べているのに気がつくことがある。比べること自体、不運に見舞われたのが自分でなくて他人だったことを喜んでいるようで嫌な気分にもなるし、お金持ちの話など読むと、ちょっとでもそういうことに関心を持つ自分の心理の卑小さにうんざりさせられることもある。しかしミーハー的心理も、私は嫌いではない。

いずれにせよ、心を揺り動かされる瞬間というのは楽しい。この心の揺れ動きが多ければ多かったほど、人生は味わいが濃くなる。すると死ぬ時、「ありがとうございました」と言えそうな気がするのである。　「七歳のパイロット」


「ねえ、あなたは、いつも何を言っても、僕は怒らない、って言うけど、あれ、ほんとう？」

「ああ、僕は怒らないよ」

「でも傷つくこともあるでしょう？」

「僕はほとんど傷つかないの。どんないいことも悪いことも、死ぬまでの話、だと思ってるから」　「夢に殉ず（下）」

すべての生活の基本は暗闇から始まる

でも、前にも、あなたに申しあげたような気もするのですが、私は、暗さと徹底して向き合う、という姿勢が好きなのです。一つには、暗い思いになった時、私たちはじっとなすすべもなく耐えているより仕方がないからです。そしてまた、すべての生活は、暗いのが基本だと、私は思っているからです。

「ブリューゲルの家族」

この世にはどう解決のしようもなく、ただ、死ぬまで、その事とおつき合いしていかねばならないという事がある。病気も、人間関係も、性格の歪《ゆが》みも、能力のなさも、すべてその中に入る。しようがないやな、と私は呟く。政治や社会がそれを解決してくれるように要求したり、期待したりする人がいるが、常にその編み目から洩れこぼれるケースがある。重大なことは或いは国家が解決してくれるかも知れない。しかし、それよりずっと軽い、普通人との境界線にあるような人々のことまでとても国家は面倒をみきれない。期待すると辛いので、私は自分の救いのために、期待しないことにしているのである。

「ほんとうの話」

池尾は本というものと暮らすことも、一生で今が初めてであった。孤独などという言葉を嚙みしめるべき青春時代には、彼は素早く女と同棲していた。その時、彼は孤独を感じてはいなかったが、べっとりとだらけた人間関係にうんざりしていた。人間は多勢といればいるほど、孤独を嚙みしめる筈のもので、従って、孤独は人間の存在それじたいとシャム双生児のような関係にあるのだという。その淋しさが、いわば人間全体に平等に与えられた運命であって、それはアウグスチヌスが（といっても池尾ではない、本物のアウグスチヌスが）人間は「神《おんちち》の懐に憩うまで安らぐことはない」と言う認識になるのである。

「テニス・コート」

幸福でない人だけが希望を持てる

人間の心の中には、いつも私怨《しえん》がある。翔は、人に何らかの仕事をさせるエネルギーというものについて昔から興味を持っていた。もちろん仕事と言っても、決してまともな意味での政治的・経済的・教育的な活動だけではない。山へ登るのも、泥棒を趣味とするのも、世の中と隔絶して修道院へ入るのも、危険を知りつつ戦乱の土地へ入って報道写真を撮るのも、漫画を描くのも、小説を書くのも、人はすべて私怨を持っているから、そういう道を選ぶのだと思う。私怨という言葉を、世間は普通暗いイメージで使うが、翔はそれを陰惨なものだと思ったことがなかった。むしろ私怨を持つ人は、幸運な人だ、というふうに判断することが多かった。

私怨という形で残った強力な記憶と情熱こそ、その人だけが生涯使える、唯一無二の私有財産というもので、税務署も取り立て不能の隠し財産である。むしろ私怨のない恵まれ過ぎた人生など、薄っぺらで力がなく、不安で貧困なものだ、と翔は感じる時さえあった。

〈大体、悪の要素がない話って退屈でしょう。幼稚な気がするわ、私には〉

〈そんなこと、世間には口が腐っても言わない方がいいよ〉

翔は真木子に忠告めかしたことを口にする自分がおかしくて笑った。

〈大丈夫よ。もしかすると、私、世間からは、清純でいい人だと思われてるの〉

〈僕だってそう思うよ〉

〈あなたには気を許して言っただけ〉

〈嬉しいなあ。気を許してくれてありがとう〉

〈ほんとうのところ、あなたはどうなの？〉

〈そうだなあ、僕はいつだってしっかりと意識的に悪と抱き合って暮らして来たから、おかげでずっと善を見て来れたよ。悪とは無縁の人は、善なんか見たことないんじゃない？〉

〈知ってる？　西洋の教会の内部が暗いのは、一つにはバラ窓から射すきれいな光を見るためなのよ〉

〈へえ。僕、ヨーロッパなんか知らないんだもの〉

〈バラ窓って、ステンドグラス嵌《は》めた窓だから、たいてい西陽を受けるようにできてるんですって。陽が西に沈むと、そのバラ窓が輝き出すのよ。その時の条件の一つは、中が暗いってこと〉

〈暗い、ねえ。眼が昏《くら》い。頭が悪い。性格が暗い。運がない。境遇がひどい。お先真っ暗。全部、僕に当てはまるな〉

〈教会の中は、罪の闇《やみ》の象徴なのよ。人間の汚濁の捨て場よ。そういう中に蠢《うごめ》いている人だけが、光を見るの。最初から清潔で明るいとこにいる人には、バラ窓の光なんか見えないんでしょう〉

〈悪い奴が得するんだね〉

〈得をするかどうかはわからないけど、きれいなものを見る可能性は与えられてるの〉

〈可能性って奴は偉大だね。それがないと、気が滅入っちゃうもんね。もっとも僕はいつも可能性だけで、現実を手に入れたことはないんだけど〉

翔は調子に乗って言った。

〈知ってます？　幸福でない人だけが希望を持ってるの。幸福になってしまった人は、それをなくすことだけを恐れるようになるの。苦労は同じよ〉

「夢に殉ず（上）」

悲しみと孤独に対峙《たいじ》する心構え

亜希子は料理の手を休めなかった。生活を止めると、悲しみの量は同じでも深く入り込むような気がする。何をしても、どうしても、どちらに転んでも、現実は悲しいのであった。

「燃えさかる薪」

老年は、孤独と対峙《たいじ》しないといけない。孤独を見つめるということが最大の事業ですね。それをやらないと、多分人生が完成しないんですよ。つらいことですけど、そうだろうと思います。だから、孤独が来た時に、何でもないことではないんだけれども、これはいわば、予定されていた、コンピューターに組み込まれていたことだと思おうとしています。

「人はみな「愛」を語る」

「このバッグを買うことも、楽しみにして来たんじゃないか！」

春菜は泣き叫ぶような声になった。

「くだらない楽しみだ。お前のようなばかがいっぱいいるから、日本はだめになるんだ」

「皆、買ってるよ。堺さんだって買ったよ。篠田さんのお父さんだって、この間パリからスワッソンのバッグ買って来てくれたんだって。スワッソンなんて、五十万円もするんだよ」

人のうちは人のうちだ、と言おうとして、直文はもうその気力を失いかけているのを感じた。

「お父さん、なにもハンドバッグ一つのことで日本の将来にまで話をおおげさに広げなくていいじゃないの」

これが人の家の喧嘩だったら、ここで直文は笑い出したに違いないところだった。しかし直文は今、妻と娘が、自分とは遠い土地、もしかしたら違う星に立っているような気さえしていた。

「それにハンドバッグは、別にあなたのお金で買うんじゃないのよ。北海道のお祖母ちゃんが、お小遣いにくれたお金なんだから、別に気にしなくていいじゃないの」

「人の金ならいい、ということじゃない」

「どういうこと？　それ」

「人の金なら、そういうばかなことに使っていいということじゃない」

「だけど、そんなことを言ったら、人のお金の使い方まで規制することになるじゃないの。春菜はお祖母ちゃんにハンドバッグを買っていいですか、って聞いたのよ。そしたら、ああ、いいよ、お祖母ちゃんが買ってあげるよ、って言ったんですもの。春菜にしたら筋を通したと思って当然なんじゃない？」

少しニュアンスが違うのだ。それは金の所属の問題ではなく、人間の生きる価値をどこに見つけるかという美学の問題なのだ。しかし確かに人の価値観を決定的に変えさせる必要もないし、またそれはできることではないだろう……。

植物園を歩いている間も、直文はずっと一人一人の人間の間に横たわる心理の距離のようなものを感じていた。それは、たとえ妻子の間であっても、その距離を埋めることは不可能だと思わせるほど、深く遠いものであった。自分だけではない。誰もが、そのような孤立の中で生きているのだろう。そしてそのような孤独があるからこそ、人は一人で生き、一人で死ぬことを肯《がえん》じるのだろう。

「父よ、岡の上の星よ」

この、世界でもっともぜいたくだと言われる船旅の生活は、私にとっては人生の悲しみばかりが目立つものだった。眼につくのは高齢者たちが直面した老いと死に抵抗しようという壮絶な姿だった。こういう豪華船の船旅が楽しくて、二度、三度とくり返す人もあることを思うと、こういう人たちと私はどれほど違うことか、と思う。公平な言い方をすると、彼らには悲しみに気づく眼がなく、私には人生を楽しむ才能がない、ことになる。

「二十一世紀への手紙」

道徳を振り回すのは、私たちの家系の趣味ではない。祖父は、どんな不運の中でも、人がとにかく生き抜かなければならない、という現実を承認したのだ。それを嘆いてみたところで、不運が去ってくれるわけでもない。暗い顔をして生きるのも人生なら、明るく生きるのも同じ人生だ。どちらが自分と他人《ひと》にとっていいことか？

「アレキサンドリア」

○私の「ほどほど」メモ

9
ほんとうの愛が現われるとき

愛とは、苦しみを代われること

耳鳴りはもっと苦しいだろう、と私は思った。三重視は眼をつぶれば見えなくなる。しかし耳鳴りは耳を押えても止まるものではないという。その中でこの人は書く。

「もし子供がその病気にかかっていたら、私は『どうぞ私に代わらせてください』と願うでしょう。私でほんとうによかったです。（中略）アフリカの子供たちのためにささやかですが、何かしたくて、お手紙をさしあげました」

愛というものは、苦しみを代わることである。「神さま、それをお望みですか」

私自身は、今でも物質的で、我が強く、身勝手の典型のような生き方をしている。とにかく、楽な方がいい。しかし心のどこかで、自分の運命が自分の手で動かせるとは、思わなくなっているのもほんとうである。

私は受け身の姿勢が大好きになっていた。恋愛でもそうであった。私は自分の方から、あなたが好きです、などと言ったことがない。そんなことを言ったら相手がどんなに迷惑するだろう、と思うととても口にする気になれなかった。私は好きな相手からは、黙って遠ざかることが愛だと思っていた。

「悲しくて明るい場所」

一生を一つことに捧げるというのは容易なことではない。しかも時々ではなく、ずっと終生、その人たちを生かすことに責任を持つということ。それがほんものだ。

マザーは、ノーベル平和賞の受賞パーティーを、お金の無駄遣いだと言って断った人である。ダイアナ妃の華々しい慈善的な行為とは、全く表現が違う。しかもダイアナ妃は、近く普通の人になって、こういう公的な生活から離れることを仄《ほの》めかしていたと言う。離婚後と再婚までの間の心の空白を埋めるための慈善活動だったとも見える。しかし神は「あらゆる人を、その資質に従ってお使いになる」ということを考えれば、ダイアナ妃もマザー・テレサもその職責を果たしたのである。

「運命は均される」

神父さま方のお母さまが、息子を神父さまにされる時、これは大きな覚悟が必要でいらっしゃいますね。普通なら息子が嫁を取って、自分の老後も見てもらえるだろう、孫にも囲まれて賑やかに暮らせるだろう、と当てにするものです。しかし息子を神父にするということは、息子を完全に、神と人さまにお返しすることです。それが息子の望んだことであり、息子の幸福に繋がることだから、と理性で判断してそれをお選びになるのです。

神父さま、私たちの巡礼のメンバーの人たちには、どこか端正に生きておられる方たちが多いような気がするのは、皆が苦しみを知っているか、持っているからではないでしょうか。苦しみは願わしくないものに決まっていますが、苦しみを知った時、人は初めて人間になるからです。その意味で苦悩は最大の贈り物だと思う他はありません。これは私が最も承認したくない言葉なのですが……。

「湯布院の月」

昔「国境なき医師団」のフランス人医師が講演した後、質問の時間に一人の日本人が手を挙げて尋ねた。「あなた方は戦乱の土地に、まだ銃声と混乱が続く時に行って治療を開始する。そういう時その土地の医師法はどうするのですか？」。するとフランス人の医師は明確に答えた。「そこに患者がいる。そして傍に患者の命を救える私たちがいる。それ以上の何を気にする必要があるのですか？」

それが人間の答えというものだ。

（大阪新聞連載コラム 99.5.26「自分の顔　相手の顔」）

憎んでいる相手さえも助けられるかどうか

奉仕する相手は、好悪の感情からではなく、理性から選ぶのだ、ということを徹底させなければならない。私の乏しい経験からでも、貧しい人たちが必ずしも心が美しいということはない。貧困が人間らしい心を失わせる場合も実に多い。

昨日も私はアフリカのある国の奥地に入って、人々と共に住み込んでいる日本人の若い神父から手紙を受け取ったばかりである。

「我々修道会の神父は、とにかく電気も水道もない所で、生活しています。この国の教区神父は、電気がない所へは来たがらないのです。今日もたまたま会議で首都へ来たのですが、一人の土地の神父(私と同年輩)が、さかんに『金がない』とぼやきますので、バザーの収入を聞きますと日本のお金で約六十万円です。私のいる山の教会は三万円です。皆日本人は金持ちだから良いだろうと言うのですが、日本のカトリックは少数で、ピーピーしている(のか、ふりをしているのかはわかりませんが)状態をなかなかわかってもらえません。この国の南部では、金を持たず、建物も造らない外人神父は『悪い神父』なのです。とは言うもののやはり、人々の生の現実を目の当たりにして、何とかしなければと思わなければ神父はつとまらないのかもしれません。そして何かをしようとして、人の間にはさまれて、もがいて、自分の無力さを知らされるのも、ひとつの修道なのかもしれません。結局は共に居て生きる事しかできません」

金を持って来られない外人神父は悪い神父だとする、すさまじい強欲なアフリカの一面がここに覗《のぞ》いている。しかしこの最後の言葉は限りなく美しい。ここに示されているように、私たちは相手がどんな人でも、助けるのである。態度のいい相手にだけ優しくするということではない。むしろいやな相手にさえ尽くしつづけることこそ、ボランティアの基本精神なのである。「二十一世紀への手紙」

・

恭子にとっておもしろいのは芝居のト書きに当たる部分であって、そんなものは、いかなる芝居の名作でも名優でも演じ切れるものではない。芝居というものは、「嘘くさい」どころか「嘘」そのものであって、しかも大ていは、よくできていない嘘なのである。

それくらいなら、恭子は例のテニス・コートにじっと坐って、まわりにいる人々をじっと見る方が、ずっとドラマを感じるのであった。テニス・コートでは、舞台の上と違って登場人物の個性はそれほど明らかではない。皆、同じような服装をしているし、同じルールに従って球を打ち返すという単調な動作をしているに過ぎない。それでもなお、恭子はそこにはドラマを感じるのである。たとえばテニス・コートにはけっこう醜悪な肉体もあるが、醜悪さというものはそれだけで役者の扮装を上まわる劇的な要素を持っているのである。それに比べたら、姑の言葉など全く凡庸なものであって、それに腹を立てたり脅えたりするのは、あまりにも素朴すぎるように思えてならなかった。

もっとも恭子の中に、姑に親切にしたい気分がないと言ったら嘘になる。他人を喜ばせるということは、何よりも自分がいい気持になれることであって、恭子も人並みに享楽的になりたかった。だから、できる時は琴子の希望を叶えようと思う。悪口を言われても、望みのものが買える時には自然に買って来ようと思うのである。

「恭子は、気味の悪い女なのよ」

恭子は姑が、自分のことを友人にそう言っているのを聞いたことがある。

「どうして？」

「何だかわからないけど、分裂症みたいな性格なのよ」

姑も自分も「分裂症」などという病名を、よくわからずに使っているのであった。しかし恭子は、姑の自分に対する非難を、決して見当ちがいなものだとは思わなかった。自分としては理屈が通っているつもりでも、姑から見れば、どうして怒りもせず、改心もせず、憎みもせず、愛しもせずにいられるのかと思うであろう。そういう恭子の心理を、夫の賀一は全くわかっていないようであった。派手に喧嘩をしなければ、それはうまく行っている、というふうに思いこむ夫を、恭子は決して咎《とが》める気にはならなかった。憎しみというものは、関心を持たざるを得ない間柄においてのみ、生じるものであるということを、賀一はあまり考えたことがないだけなのであろうし、もし恭子が姑に憎しみを持たぬとしたら、それは姑と「無関係」に暮しているのだということの証拠だということを見抜いていない。

賀一は、本気なことは軽く言い、下らぬことは大げさに言うというテクニックさえも持たぬ男なので、或る日ちょっと改ったように、

「お袋とうまくやってくれてるんで、本当に助かる」

と礼のようなことを言った時には、恭子は全く見当違いなことを言われているような気がした。しかし恭子はこの頃、正しい認識は必ずしも他人にしあわせをもたらすものではないということをわかって来たので、にこっと笑っただけで夫には何も言わなかった。うまくやってくれるもくれないも、恭子は初めから琴子の心理を何一つわかろうとしていなかったからである。「テニス・コート」

「敵を助ける」ということは、キリスト教においても重大な命題である。前にも

少し触れたが、私たちは友を愛することなら誰にでもできる。しかし普通なら、とうてい愛することのできない敵を、理性で許容し、心情としては愛していないどころか憎んでさえいても、少なくとも表に現れた部分では、愛しているのと全く同じ抑制の効いた行動をとって、相手を生かすことがすなわち愛だと規定する。その場合の、内心の分裂による葛藤こそ、人間の証《あかし》だと考える。

「悪と不純の楽しさ」

料理の腕を磨いておくことは、いつか愛した男たちと住むようになる時のためなのであった。彼らはそれぞれに光子を少しずつ裏切ったようにも思う。森先生も松田氏も青木も、であった。しかし皆人間なのだ。この歳まで生きてくれば、誰でも人を少しも裏切らずに生きて行くことなどできないことがわかって来る。誰かの心の小さな部分で密かに愛されて生きられれば、それは輝くような幸福というべきなのであった。

そのような形の幸福を手に入れられた理由を、光子は思い当たることができるような気もした。その人たちが他の女を選ぶのを、自分は少しも邪魔しなかったからなのだ。だからこうしてこだわりのない気持ちで、その人を待っていられる。

「極北の光」

○私の「ほどほど」メモ

10 どうすれば自分の「生」に自信が持てるか

誤解・偏見はいかなるものにもついて廻る。それを恐れていては、いかなることにも触れることができなくなる。私たちは現世にあることには、総て目を背けてはならないのである。

「悪と不純の楽しさ」

善、悪、実、虚、私たちはすべてのことから学べる

人間には余裕というものがほしい。上等な話ばかり聴きたがるのは、幼稚な優等生で、秀才ほど誰の話でも聴くもんです。

若い頃、ニューデリーに行ったときに、いろんな特派員がおられたけど、その中の一人が、新聞記者としても優秀な人で、人間的にもとても素敵な人でした。ニューデリーの住宅街では、孔雀の羽根とか、くだらないおもちゃとかをもってくる物売りが入れ替り立ち替りベルを押してやってくるんです。知識の部分では、特派員ていうのは、大学を出て、語学もできる優秀な人でしょう。その人

が、やっとカタコトの英語をしゃべるようなおじさんを、「カムイン、カムイン」と引き入れて、くだらない世間話をする。その光景は、ああ、この人はとても優秀な特派員なんだな、と思わせるものでした。つまり、くだらないことをたくさん聴くことによって、ある偉大な真理をみつけていく人の典型をみたんですね。

「人はみな「愛」を語る」

その運命からの声のようなものの許可がないと、何をやっても私はうまくいかないような気がする。

だから、私はいつもたくさんのものを性懲《しょうこ》りもなく望んでいるが、そのどれにも深くは執着しない。希望しても、運命がそれを許してくれなければ、できないものだ、と思っているからである。

もっとも、この運命に対する受け身の姿勢は、私の逃げを打つ口実ではないか、と思う時もある。

私はつまり、自分で何もかも決めるのが怖いのである。しかし言い訳になるが、私はまずく行ったことの理由に、運命の声を思ったことがない。うまく行った時に、私はいつもこの命令のようなものに感謝しているのである。

「悲しくて明るい場所」

「今から三年ほど前でした。或る日家内が言うんです。私たち夫婦は、悪い夢みたいに平凡だった、って。何か他に生きようがあるんじゃないかと思うこともあったけど、お互いに竦《すく》んでて、結局何もできなかったわねって。これで人生終わるんでしょうね、って言われて返事に困ったことがあります」

「それが不幸だといえば不幸ですけど、その程度のことを幸福の目標にしている人だってたくさんいるんですよ。考えようによれば、あなたは子供たちにもヨットを教えて夢を与えたし、奥さまは病気を治すことに働いておられるんだし。すばらしい仕事をなさったということもできるわ」

「でしょうね。でも冒険をしなかったからね。冒険をしない人生って、どこかばかにされるような気もする」

「誰に？」

「自分にです」

「寂しさの極みの地」

「僕は、このごろ年だと思うのは、どんな運命も愛せるようになったことだな。悪く言えばどうなってもひとごとなのよ。よくなっても僕の力じゃない。悪くなっても僕のせいだけでもない。辛いこともあるけど、辛いのも一つの運命だから」

「そうね、それは確かにそうだわ。だって他に生きようがないんですもの。どこへも行きようがないのよ。だって向こうは海なんですもの」

「寂しさの極みの地」

それが与えられなかったからと言って、その後のその人の生活が必ず歪むわけではない。それどころか、その悲しみが、新しい理想を創る場合も多い。

「流行としての世紀末」

トプカピ宮殿の宝物殿に行った時、同行の神父のお一人が熱心に宝石のコレクションを見ておられた。私たち俗人なら、こんな飴玉みたいに大きいエメラルドがほしいとか、こんな宝石だらけの王座は冷えて腰痛のもとだろうとか、反応するのだが、神父は何がおもしろくてこういうものを熱心に見ておられるのだろう、と私はちょっと興味を持ってその姿を見ていた。

外へ出た時、私が質問する前に、この疑問はもののみごとに解かれた。私の気持ちなど何もご存じない神父が言われたのである。

「展示室の中には、大した光もないのに、あの宝石はよく光るなあ。私たちもあいうふうに僅《わず》かな光で光らなきゃいけないのに、修道者でもなかなかそうはできない。大したもんだなあ」

宝石の見方にも、さまざまあるのである。神父は宝石には無縁、ではないのである。

私たちはすべてのことから学べる。悪からも善からも、実からも虚からも恐らく学べる。狭い見方が敵なのであろう。

（大阪新聞連載コラム 99.4.21「自分の顔　相手の顔」）

しかし、どんなに心根のよい人でも、病気になる。実はその時が人間の真剣勝負なのである。病気をただの災難と考えるか、その中から学ぶ機会とするかは、その人の気力次第である。

「悲しくて明るい場所」

苦悩は人を深め、高めていく人生の要素

悲しみの中から、人間の共感に目覚めた人たちについても尊敬をこめて語りたいと思う。私自身の体験からみても、自分に辛いことがあると、多くの場合、そのことだけにうちひしがれて、とても他を思いやる力などなくなるのが普通だからである。

夫も医師、息子も医師という家庭の母のことは、ずっと私の心の中にある。秀才の息子は二十代の終わりから重症筋無力症を病むようになり入退院を繰り返していた。

その年は「障害者年」であった。この母は同じような苦しみを持つ人たちに何かしたいと考える。息子の運命への深い悼《いた》みからでた思いであろう。

息子の病気自体はかなりよくなって来た、と母は書いている。しかし後から後から薬害に悩まされている。骨粗鬆《こつそしょうしょう》症、尿管結石、白内障……しかし白内障に関しては、私の『贈られた眼の記録』という本が、青年の気を取り直すのに役だ

ってくれた、とこの母は書いてくれる。作家の光栄であった。白内障は、私のような強度近視でない限り、「よくなる可能性」が普通の病気である。

しかしこんな苦しみの中でも、自分たちは、気持ちのいい家に住み、暑くも寒くもない清潔な暮らしをしている。食べるためや治療を受けるための費用も一応心配する必要がない。治療の方途も、家族が心を一つにして病気の回復を願う温かさも持ち合わせている。しかしもし、病気を抱えながら、濡れずに生きられる家や、薬や、お金がなかったら、耐えて生きることはどんなに辛いだろう、とその母は思うのである。

悲しさが傍への深い思いやりに変わる姿を私はまざまざと見せつけられたのである。苦しみが人を深め高める、などという言い方を、「その苦悩」を持っていない人間には言う資格がないのかもしれない。しかし何はともあれ、苦悩は人を深めて行く。

「神さま、それをお望みですか」

意識して、不幸で整備の悪い環境を作ることはない。しかしプールがないからみじめな学校だとか、駅から一キロも歩くのは遠いからバス通学でなければいけないとか、家庭が平和でないからぐれるかもしれない、というのは、もっともらしいだけでほんとうではない、と私は思っている。プールがなくても泳ぎを覚えたい生徒はどこかで覚えて来るし、毎日一キロくらいの通学は体の鍛練になる。ぐれるには、家庭が平和でない上に、何か別なものも欠けていたのである。

実は、逆境は、反面教師以上のすばらしいものである。しかし逆境を作為的に作るわけにはいかない。だから多少の不便や不遇が自然に発生した時に、私たちはそれを好機と思い、運命が与えてくれた贈り物と感謝し、むしろ最大限に利用することを考えるべきなのである。

「二十一世紀への手紙」

「嘘だろうと思いました。今でも思っています。でも私ももう若い娘ではありませんでした。私は人のつく嘘には意味がある、と思うことにしていました。ですから嘘でも、ついた人にとってはそれは必死の真実なんです。そして私は一人の青年を救えてよかった、と思えました」「父よ、岡の上の星よ」

私が働いている日本財団では、私がイヤな宿題を出した。夏休み中に、何でもいいから哲学の本を一冊読んで、四百字詰め原稿用紙二枚の感想を書いて出すことである。私がそれを斜め読みする。夏休みには直接必要でない知識で自分を太らせなければならない。

人に言った以上、自分もしないといけないから、私はローマの哲学者・エピクテトスを読んだ。こういう時はむずかしそうに聞こえて、実は薄い本がいいのである。

私の職場では、平等・公平を当然とし理想とすると同時に、不公平にも馴れる空気を積極的に作っている。なぜなら、人生には永遠に不平等な部分が残るから、公平・平等だけしか許せないようなヤワな人間になると、それだけでその人はだめになってしまうからだ。

エピクテトスは次のように言っている。

「あなたの上に起こることは、なにかしら意味があるのだ。もしもあなたが幸運な人になろうと決めたなら、あなたは幸運になれるのである。もしもあなたに見る目があるのなら、すべてのできごとの中に、あなたを利するものを含んでいるのがわかる」

エピクテトスは紀元五十年頃にフリギアで奴隷として生まれた。しかし豊かな才能を見出されて、四十歳近くまでローマのムソニウス・ルフスの元で学んだ。ドミティアヌス帝に追放されてからはギリシャのニコポリスに住んだが、マルクス・アウレリウスも彼の弟子と言われる。

エピクテトスは奴隷に生まれたからこそ、人生を発見したとも言えるだろう。

（大阪新聞連載コラム 99.9.1「自分の顔　相手の顔」）

世の中にはいろいろな任務がある

私はいつでも人がすることはしないように生きてきた。ゴルフが流行る時には、会員権が高くなるからやらない方がいい。皆が軽井沢に行く時には千葉へ旅行する方が空いている。今は作家の九十パーセントが、自分はどんなに人道的に正しいことをする人間かということを書いているから、私は悪を書く方が「空いていていい」と感じることにした。映画館やお風呂屋さんではないのに、私は流行らなくて空いている場所が好きなのだ。

先日たまたま会った人は、私とそんな文学論が出ると、こう言ったのである。

「私は生涯正しいことをしようとしてきたんです。酒も度を過ごさなかったし、浮気もしませんでした。仕事も意識的にさぼったことはないし、賭け事で浪費もしなかった。あなたは酒や浮気やさぼりや賭け事を皆いいと言うんですか」

一言で言うと、こういう善意の人を前にして、私はその瞬間ちょっと困った。しかしよく考えてみると少しも困っていなかった。

世の中には、いろいろな任務がある。こういうお手本のような生き方をする人と、さまざまな弱さに溺《おぼ》れて穴の底から空を仰いでいるような人と、それぞれにこの世では違う任務があるのだ。人生の偉大な部分を受け持つ人と、弱さを受け持つ人と、みかけは違うが、任務の大切さは同じである、ということを説明するのにはちょっと心理的な根気はいるけれど。

「自分の顔、相手の顔」

もし知恵遅れの息子がいなかったなら、死にたいというほどの暗い人生に、私もどっぷりと浸ってしまったと思います。しかし彼はどんな場合でも、死にたいとは言いませんでした。一本のさつま芋のふかしたのでも、一切れのお羊羹《ようかん》でも、彼は相好《そうごう》を崩して喜びました。ゴキブリでも蟻《あり》でも眺めておもしろがりました。夜は大きな鼾《いびき》をかいて、楽しそうに休みました。そこには死への欲求が入り込む隙間はありませんでした。ですから、私も死のうと思ったことがないのです。

「ブリューゲルの家族」

前も書いた通り、私は子供の時からコンプレックスが多かったので、秀才と呼ばれる人たちに、複雑な感情を覚えて生きていた。偉い人を見るような思い、も当然あったが、それだけではない。とうていその心理がわからない別人種という感じも強かったのだから、決して素直ではなかったのである。これこそまさに、秀才コンプレックスというべきぐちゃぐちゃした心理なのであろう。こういう感情は今に至るまで続いている。

秀才が私と歴然と違うのは、たとえば数学がわかることであった。私は今でもどうしてマイナス一にマイナス一を掛けるとプラス一になるのかわからない。わからなくたって充分生きていけるのだ。卵を買う時だって、肉を料理する時だって、そんな数学なしで立派にやっていけるのだ。理論がわからなかったら暗記するという手だってあるのである。

数学だけではない。私は物理もだめ、化学もだめ。歴史だって英語だって、できる人ははけたはずれにできる。とうていかなわない。

しかしはっきり気がついてはいなかったのだが、トップではない人生を承認し、それなりに生きる技術を見つけるということは、実は私が思うよりはるかに重大なことだったのである。

「悪と不純の楽しさ」

「うちはうちです」という言葉を、各家庭が持つべきだろう。うちのやり方が正しいのではない。しかしどこの家にも家庭の事情と趣味はある。片寄っていても押し通していいのである。

「自分の顔、相手の顔」

作家的性格のすすめ

私は自分の性格をやはりかなり作家的だと思うのは、自分が失敗しても、もう一人の私がそれを笑うことも、記録することもできるという点である。私は公的な仕事と、全く個人的な生活とをモザイクのように受け入れた。

「運命は均される」

一人は新聞記者出身。この方は人が語ったことは、少しメモを取ればほとんど正確に伝えられる、と言う。もう一人は霞《かすみ》ケ関《せき》出身。「いつもこんなに勉強家でいらっしゃるの？」と聞いたら（これは朝、早いことに関してである）、「僕はいつも勉強家ですよ」という返事。

どちらも私にとっては新鮮な驚きである。私はまずほとんど人の話を正確に記憶したり、手落ちなく全容を伝えたりできない。深く印象を持ったところを強烈に覚えるだけである。

それから気がついてみると、私の親しい人の中には、勉強家もいなければ、勉強家をよしとする空気もなかった。

私はいつも、自分が少しラクに生きるには、今この瞬間、どうしたらいいかばかりを敏感に考えて、それを家庭内でも容認されてきた。その瞬間にこそ人間が見えるという発想だった。

だからいつも勉強家だった、という人に会うと少しびっくりしていた。

「運命は均される」

私は空腹に堪《た》えて座っていた。途中の売店でピスタチオの小さな袋を買ってもらって食べたが、それでもお腹をごまかすことにはならなかった。ほんとうにおかしな状態であった。私はその夕方、ずっと、何時になったらご飯にありつけるかだけを考えて暮らしていた。私は視力を失いかけている未来に対する不安も、自殺をすることも考えなかった。私は比類なく健康な気分を久し振りに味わっていた。

地震で被害を受けた方には申しわけないし、私自身、怖がりだから災害などまっぴらなのだが、日本人にノイローゼが多いのは、普通の動物が味わうべき生存の危機に出会うことがめったにないからである。

災害でなくても、貧困さえも人間をノイローゼから救う面がある。もちろん心は別の歪み方をするだろうが、今日食べるパンや薯《いも》や米があるだけで、もう貧しい人たちは輝くような幸福の実感を手にできる。しかし日本人にとって、今日食べるものがある、などということは「当然の権利」であって幸福でも何でもない。人間、どうなっても、同じ量の幸福と不幸がついて廻るのかな、と私は最近思いかけているのである。　　　　「流行としての世紀末」

清純な、とか汚《けが》れを知らぬとかいう形容詞がある。

この言葉を使う時、私はいつも複雑な思いになる。私はほんとうは清純に育ちたかった。清純な娘は美人であるかのような錯覚さえあるではないか！

しかし小説を書きたいと思うような性格の一種の特徴か、私は小さい時からものごとの裏ばかり考えて暮らす癖があった。親にその責任を押しつけるわけではないが、両親が仲が悪かったから、私は一種の幼い苦労人で、とてもおっとりと育つことができなかったのである。私は自分が人より根性が捻《ね》じ曲がって育たなければならなかったことを、別にいいことだとも思わなかったが、私らしく仕方がないことだという程度に受け入れていた。人は他人の運命と比べて、自分の運命を変えてもらうというわけにはいかない。

だから、私は（私よりというだけのことだが）単純な考えかたをする人がいると、私が彼らよりたった一歩だけ複雑な見方をするようになったのは、苦労したためだ、と思うようになった。

「二十一世紀への手紙」

故国を遠く離れ、どこの誰とも知られず、そしてまた人生そのものを充分に観《み》る年月も与えられないままに若い生涯《しょうがい》を絶たれて、異国の路傍に埋められ、その存在を思いだす人さえもほとんどいなくなった今、名前さえわからない青年の短い一生は、私が最近出会った痛ましい人生のどれと較《くら》べても、もっとみじめだったように私は思ったのであった。というか、このランスの野に死んだ無名の青年の生涯を思えば、どんな悲惨な人生も、それよりはまし、と思えるのではないか、と感じられたのであった。

「讃美する旅人」

世間には確かに「いい時に病気した」と思われる場合がある。その時、その人が病気にかからずやり続けていたら、間もなく死んでいたかもしれないのだが、病気をきっかけに食生活のでたらめや、勤務時間以外にも無理して働いたことを思い出し、生活を改変するのである。病気をしなければ、こういう人は決して生活を改めないのである。

（大阪新聞連載コラム 99.10.26「自分の顔 相手の顔」）

私はすべての運命の変化を感謝し、おもしろがって、受け入れていた。私がそうなりたくなったことではなくても、見せて頂けた世界は貴重なものだろう。

「運命は均される」

○私の「ほどほど」メモ

11

美醜・年齢を越えて自分らしく生きるために

弱々しい個性からは人を魅《ひ》きつけるものは生まれない

流行にせよ何によせ、人と同じものを追求するようになったら、間違いなくエリートではないのである。

「自分の顔、相手の顔」

世間には大した理由もなくその人を他人が認めたとなると、自分も認めようとする動きがある。それは私たちの持つ共通の弱さであって、誰か一人がいいと言ったのに、自分がそれを立派だと思えないのは、つまりは自分に目がないからだ、と不安になるので、ついつい付和雷同するのである。

「ほんとうの話」

ミラノはファッションの町としても名高いが、ブランドもののハンドバッグを買うために何時間も店の前に並ぶ日本人の女性たちの異様な執念に、ミラノ人は呆《あき》れているのだという。開店するや否《いな》や、お目当ての品を買うためになだれこむ。日本人という人種は、どれほど無思想、無節制、恥知らずで、物質的人種と思われているか、同胞として考えるといやになる、とミラノに住んでいる友人は言う。

ブランドもの、というのは、大衆品という意味もある。一目見て、あの人も持っている、この人も持っている、とわかるものがほんとうの高級品であるわけがない。贅沢《ぜいたく》な人は、「あの方はあんなすてきなものを、どこでお買いになるのかしら」と私たちが興味を抱くように出所不明でなければならない。

「自分の顔、相手の顔」

お嫁さんの希望で、結婚式はホテルに併設されたチャペルで、ということでした。

私はあの気持ちがわかりません。仏教徒ならお寺で結婚式はすべきです。チャペルでしたいのだったら、キリスト教徒になったらいいのです。信仰を流行で捉えるなんて、ほんとうに恥ずかしいことだという教育を、今では誰もしないのでしょうか。

いつかうちへいらした方のお話だと、シンガポールなどでは、どんなに大学や職場で仲のいい人でも、相手がイスラム教徒で自分がヒンズー教徒なら、宗教に則《のっと》った相手の結婚式には出ないんだそうです。礼儀としてでも出ることはないんだそうです。信仰とはそういうものが本当でしょう。　「ブリューゲルの家族」

人間を、単純に色分けすると、次に失われるのはユーモアである。ユーモアは、矛盾した幾つかの現実の要素によって生まれるのだから、典型の中には存在しない。しかしありがたいことに私たちは、誰一人として現実には典型でない。限りなく一人ずつが大切な個性であり、多少右往左往することはあっても、誰もがその人らしく輝き得る。それは教育や、家柄や、学問的知能とも関係ない。誰もがそのような人なのに、何で、全体の考えの中に呑みこまれることがあろう。

「ほんとうの話」

目のない人間が、目のある人間面をするには付和雷同するほかはない。私たち夫婦も、人並みに老化を防ごうと考えた時、この面では、一向に創造的なイマジネーションを働かせられなかったので、夫婦で流行に乗ってマラソンを始めた。あれは実に醜悪な運動であって、私などはゴリラの如き顔になり、馬のように鼻息あらく、鼻水は垂れ、唾は粘り、地球の引力を自分一人で受けているようなドタドタした姿になる。当時すでに五十歳を過ぎていた夫はことに、友人たちから、注意を受けた。

「お前やめな。そのうちに〝マラソン爺さん死ぬ〟と新聞の三面に小さく出るのがオチだぞ」と言われ、阿川弘之《あがわひろゆき》さんはこの頃、我が家に電話をかけて来られる時には、ドスのきいた声で一言「阿川ですがね。マラソン爺さんはいるかね」とおっしゃるようになった。ことに私は、マラソンを始めて暫くすると肝臓病になった。病気とマラソンと関係があるかどうかわからない。しかし、自分の体力を見きわめずに、流行のスポーツを続ければ、本当に「マラソン婆さん死ぬ」という見出しになる可能性はある。

つまり流行を追うということは、精神か肉体の命とりになることさえある。そして流行を支えるものは、何よりも、私たちの愚かさと個性の弱さから発するのである。

「ほんとうの話」

時間は自分を上等にしてくれるものに使うこと

テレビで就職浪人たちの今年の就職活動を見た。

私なら、外見だけでも彼らを雇わないだろう、と思えて来た。理由ははっきりしている。採用試験を受ける人たちは無難さだけを売り物にした紺の背広ばかり、まるで制服のようなのである。女性も女らしいきれいな色のスーツなど誰一人として着ていない。そして可もなく不可もない、面接用の答えを用意する。こんな個性も創造力も勇気もない退屈な若者など、私が社長でも要らない。彼らは選抜試験に落ちるべくして落ちたのだと思う。

すべて勇気がないのである。私はこう生きます、という譲れない部分を持たない。大学卒業まで何をして生きて来たのだ。学問をするというのは、人とは違う自分を確立することなのに。それさえもできずに大学を出たとは、ほんとうに無駄なことをしたものである。　「流行としての世紀末」

政治家の生活ほど、利己的な私に魅力がないものはない。自分の持ち時間には限りがあるのだから、時間は徹底して自分を上等なものにしてくれるものに使いたい。

どうして、政治家になると、皆影が薄くなってしまうのだろう。これは女性議員に限ったことではない。男性でも、シャバにいた時は個性もアクも強く、意見も強硬に吐いていた人が、政界に入ってしまうとほとんど消えてしまうに等しくなる。女性の議員が話題になる時は、本当に瑣末《さまつ》な問題でしか登場して来ない。それがわかって来たから、誰も割の合わない仕事につきたがらなくなったのだろう。

「狸の幸福」

理由はいろいろ考えられるが……少なくとも前例にないからという理由なら、私は受け付けない。私は前にはなかったことをやりたいのだ。

「運命は均される」

外国旅行ばかりがそのような人生体験ではないのである。私は四十代から、本気で聖書の勉強を始めた。ギリシャ語は正式には読めないのだが、ギリシャ語を読めるが如き原典講読を受けた。すると、日本語の翻訳にはあらわれない影の部分が見えて来た。時々私は涙ぐんだ。私は小さい時からあまりにたくさん辛いことを体験したので、もう泣かないことになっている。その私が、心の震えがとまらないことがあった。

しかし、私にとって聖書の世界が、あたかも今ここに手にとるように見えたとて、何の役に立つだろう。それは純粋に私一人の快楽でしかない。

「ほんとうの話」

しかしすべてが等価値になる、という社会はないし、あったらまた用心しなければならない。それは、社会主義に見られたように、誰かの指導によって社会が統制されているか、一部の信仰集団の中のように、違う考えを許さない、という暗示にかけたような状態の場合に多く見られるからである。

むしろ人間は、社会的、常識的価値判断を越え、覆《くつがえ》して、強烈な自分だけの価値を見つけるべきなのだ。

「狸の幸福」

自分が喜べることを喜べばいい

幸福というのは、所詮、定形がないものなのだ。幸福は客観ではない。幸福は完全に密かな主観なのである。だから、人が幸福だと思うことなら、自分も完全に幸福だと思える保証はどこにもないのである。

幸福の追求がまだ充分ではない人が、世の中には多すぎるような気がすることがよくある。人並みな形だけが幸福ではないのに、そしてそれ以外の幸福の形を発見する頭脳も体力も充分に持ち合わせているのに、決して冒険をしない人が世間には実に多い。

その追い求めている幸福の形が、本当にはその人に合っていないと、そういう人たちは、一見、外目には幸福そうに見えていても、絶えずぶつぶつ不平を言うことになる。いい家に、清潔に住み、充分に教育も与えられていながら、それでも、自分の一生は何だったのだろうなどと疑問に思うのである。

しかし私たちはもっと素朴でいいことを私は知った。もっと小さなことを喜び、世間がではなく、自分が喜べることを喜べばいい、ということも、私は人生の比較的早い時期に知った。私にそのような人間の本質を教えてくれたのは、決して有名な大学教授でもなく、世界的な思想家の著作でもなかった。

「悲しくて明るい場所」

しかし時として、取材は、小説のために必要な程度を越えて、そのこと自体が私の一つの楽しみになった。だから、私は取材という名目で、必要がないほど、その世界にのめり込み、溺れたきらいはある。私はむしろ小心で、自分の身に起こるかもしれない悪いことを予測する才能にかけては、誰にも負けないほどだったが、それでも、取材に関しては「怖い」とか「辛い」とか言ったことはなかった。

危なければ可能な限りの用心をする。自分の目的を達するためなら、冷酷にも、身勝手にもなる。そうすることが、私のプロとしての姿勢だと思っていた。私が仕事でその世界にタッチする時には、私が人道的であったり、親切であったりする必要は必ずしも第一義的にはないのである。よく飢餓のアフリカなどで、カメラマンが今にも死にそうな飢えた子供に向けて「平然と」カメラを構えることを非難する人道主義者がいる。「平然」かどうか、他人にはわからないと思うのだが、とにかくそういって詰《なじ》るのである。

今ここで、一つのケースを想定しよう。

アフリカの飢餓をレポートしに、一人のカメラマンと一人の作家が組になって派遣されたとする。

カメラマンは人の苦しみにはほとんど心を動かされない冷酷な性格である。そして文章を書く作家の方は、心優しくしかし表現力はあまりない人だとする。どちらが、アフリカの飢餓をより強烈に、世間に訴えられるか。言うまでもなく、あまり同情のない、しかし腕のいいカメラマンの方なのである。もし彼がかわいそうな子供に同情して、カメラを捨てて泣けば、その時、彼は自分の任務をむしろ放棄したことになる。彼は決してカメラを放棄してはいけない。それがプロというものなのである。

その人の心根がいいか悪いかなどということは、歴史の大勢の中では大した問題ではない。作品は人の性格や、意図の善悪に係わらず力を発揮する。無神論者は笑うだろうが、私はこういうケースを「神は、その当人も意図しない形で、人間を思いがけない方法でお使いになる」と思っているのである。このからくりを時々見物させてもらうのが、すばらしい「時の過ごし方」なのである。

「悲しくて明るい場所」

人の才能は言葉では計れない

人間に対する適材・適才の配置は、人間のマイナスと思われている特徴も充分に評価した時に初めてできることである。素早い反応、考えるより先に反射的に体が動いている、という性格は、今、普通の場合には、あまりいいこととされていないのではないかと思われるが、テスト・パイロットとか、レーサーとかいう人たちにこの才能がなかったら終わりである。株をやる人などにも、最後の瞬間には、こういう反射的な身のこなしが必要なのかもしれない。

一＋一は二、という反応は、もちろん数学的に正しいものであろう。だから、科学者が一＋一は二でも、三でも構わん、と言い出したら、あらゆることはめちゃくちゃになってしまう。官吏や税理士も、一＋一は二の論理を崩す人であってはならない。

しかし一＋一は二というルールしか信じられない人には、小説を書くという作業は向いていない。詩人にはもっと向いていない。舞踊をする人にも、スポーツマンにも、特に必要な才能とは思われない。
だから、人の才能は違っていていいのである。どちらが高級だとか、どちらが正しいとか、どちらが道徳的だ、とかいう言葉で計りうる違いではないのである。それこそまさに、あることに向いている性格・才能というより他ない。だから、その特質が生きるような状況におくのが、最も世のため、その人のためなのである。

「悲しくて明るい場所」

団体で旅行をすると必ずカラオケが出るそうだが、カラオケは自分がハイライトを浴び、賞讃を得られる機会なのである。しかし私たちの旅では、同室の障害者の夜中のトイレの世話をする人や、オンブの力持ちや、入浴介助のベテランが、深い尊敬を持って見られる。カラオケの機会など作らなくても、スターばかりなのである。

「自分の顔、相手の顔」

夫とその姉は、自分たちの父母が亡くなった時やはり私の母の場合と同じような秘密葬式をした。どちらの場合も、甥姪たちや極く親しい若い知人数人に囲まれて、決して淋しいお葬式ではなかった。むしろそこには義理で来た人は一人もいない、という爽やかさがあった。

こういう勝手は、都会だからこそできるというところがある。地方では自分の好みで死者の始末をすることはできない。葬式は個人のものではなく、社会的な事業だからだ。しかし本当は、教育、結婚、毎日の生活、老後、病気、死と葬式、などというものは、強烈にその人の好みに従っていいものなのである。他人がそうするから、とか、そうしないから、ということが、即ち自己からの逃走なのである。

「部族虐殺」

私はサハラ砂漠を縦断している間に、自分一人の心の中で「楽しい時」を持ったのである。

どのような時間が「楽しい時」かそれは人によって違うだろう。違っていいのだし、違うべきなのだが、人は勇気を持って自分だけの「楽しい時」を持つべきなのである。

「悲しくて明るい場所」

「会う」ということ

その人の生涯が豊かであったかどうかは、その人が、どれだけこの世で「会った」かによって計られるように私は感じている。人間にだけではない。自然や、できごとや、或いはもっと抽象的な魂や精神や思想にふれることだと私は思うのである。

何も見ず、誰にも会わず、何事にも魂をゆさぶられることがなかったら、その人は、人間として生きなかったことになる。この場合、「会う」ということは、単に顔を見合わせて喋る程度のことではない。心を開いて精神をぶつけ合うことである。それができない暮しなんて、動物だと私は思うことがある。

「ほんとうの話」

会話は人生の大きな快楽だ。誰とでも十分以内に心のこもった会話を交わすようになるには、それなりの腰の坐り方も必要だ。語るべき自分の生涯を正視しない人も、他人の思惑を恐れて自分の内面を語る勇気を持たない人も、共に会話の醍醐味を知らないままに終わる。

（大阪新聞連載コラム 99.2.24 「自分の顔　相手の顔」）

世の中の厳しさを「できない」理由にしないこと

その瞬間、亜季子は自分がいやらしい性格だ、と嫌悪を感じた。ショックを受けながら、不潔なものとしてすぐ取り捨ててしまう方が自然というものである。しかしそこに「冷静さ」が顔を出し、「証拠」を残そうとする計算が働いた。逆上しないところが、亜季子は自分でも嫌であった。

ただ言い訳になるが、人間にはとことん嫌らしい人物と、そうでない人物とがいる。自分は嫌らしい性格の部類の女であった。居直っているのではない。しかし今さら、かわいい女になろうとしてもそれはどこか似つかわしくないのであった。それにものごとはまたうまくできていて、嫌らしい性格くらいでないと、男に伍した仕事はできないというのもほんとうであった。もろかったり、優しかったりする女に、冷静な判断が要求される仕事ができるわけはないのであった。

「燃えさかる薪」

できない理由を話す人はたいてい秀才である。ことに許認可の責任を持つ官庁としては、できない理由を述べることが仕事になっていることも頷《うなず》ける。霞が関で、できない理由を理路整然と述べられると、すっかり慣れてしまったこの頃では、腹も立たなくなった。ただ、こういう詰まらない人生を送らなくて済んでいるのは幸福だ、と思ってしまう時もあるのは本当である。

むずかしくても、どうしたら希望に近い道があるか、探す姿勢を取れるのが人間の魅力である。できない理由を語って平然としている人に、私はどうも魅力を感じられない。できる方法を語ろうとするお役人も、最近ごく少しだが出てくるようになった。若い人々には、できる道を探す姿勢を覚えてほしいのである。

「二十一世紀への手紙」

私が仕事の余禄と感じたのは、取材という分野であった。いろいろな人に会う理由があり、それ故にさまざまな場所に行ける。

私は取材先で、自由に、心の余裕をもって仕事ができるように、体をほんの少し鍛えておかなければならないと感じた。実はほんとうには強くはないのだから、暑い所に行くにはそれに合った衣服、不潔な国に行く時には虫や黴菌《ばいきん》からいささか自分を守る簡単な方法などを、ひそかに考えたのである。私はダニにたかられるだけでも眠れなくなり、寝不足になるとすぐ単純に頭が散漫になって、いい取材もできなくなるのである。

ありがたいことに、私は内臓が丈夫だった。風邪には弱いけれど、野宿することも、不潔な場所に耐えることにも、人より鈍感そうであった。私は大抵の場合、自分の置かれた場所を楽しんでいた。

しかし今ここで語ろうと思っているのは、そんなことではない。私は人に会ったり、本を読んだりしているうちに、人間の極限の快楽は、「うちこむ」ことにある、と知るようになった。もっとはっきり言えば、人はそのことのために死んでもいいと思えるほどのものを持っている時にだけ、幸福になっているようであった。

「悲しくて明るい場所」

相手がお茶汲みしかさせないからお茶汲み以上の知識が身につかない、というのは言い訳にならない。昔からプロになるための修業はすべて独学であった。余暇に勉強し、人の技術を盗み、自分で本を買って研究する。それだけの力を持った人なら、会社は必ずお茶汲み以上のことをさせるだろうし、役に立つ社員に男の半分の給料しか与えない、ということもないような気がするのである。

「二十一世紀への手紙」

年老いたことを「できない」理由にしないこと

最初から結論めいたことを言ってしまえば、ゲート・ボールができるくらいの体力があるなら、なぜもっと働かないのだろう、と思う時がある。

人は何歳になっても自分を鍛え続けて当然であろう。遊びもするが、辛《つら》いことも少しは忍び、遊びと働きのバランスをとった生活をする。老人になって引退した後は、遊びだけになる、と考えることが間違った考え方だと私は思っている。

もちろん生まれつきの遊び好き、怠け者はどこにでもいる。引退後どころか、早々と、学校を出てから一度もまともに勤めたことがないという人は、私の周囲にも、一人や二人でない。私はこういう人たちも大好きで、常にその「勇気」に惹《ひ》かれている。

しかし一方では、仕事がおもしろくてたまらず、職業が道楽になってしまった人もたくさん知っている。とにかく誰でも自分の好きなテンポで暮らせばいいのだ。しかし老人になったから遊ぶべし、という法律は何もないし、老人だから自分を鍛えなくてもいい、という原則もないと思う。

日本の老人は、年齢やその優秀な素質の割に自立できない人が多過ぎるように思う。それは、かつての「家」を中心とした考え方のせいで、老後一人暮らしをすることなど計画の中になく、必ず長男夫婦と同居することしか計算になかったからだろう。

「狸の幸福」

外国では、定年後自由人に還ってからボランティアをやる人も多い。日本のエリートやエグゼクティヴで、自らかがんで他人の靴の紐を結んであげることのできる人は少ないが、むしろ靴の紐を結べることは健康の証であり、経済的にも、心理的にも余裕のある人なのだ。そう思ってみれば、定年後にやることはありすぎるほどである。

（大阪新聞連載コラム 99.7.28「自分の顔　相手の顔」）

老年にユーモラスでいられたら、最高にすばらしい、と思う。ユーモアというものは、客観性と、創造力（想像力でもいい）と、寛容の精神なくしては、見られないものだから、これがある間は、まだ幾つであっても立派に「人間をやっている」のである。

「狸の幸福」

私が病気をしなかった理由は、私がいつも自分のしたいことをしていたからだと思う。言い訳がましくなるが、好き勝手ばかりしていた、というわけでもない。私にも制約はあったが、本質において、私は自分がしたいことに携《たずさ》わっていられた。だから、私は生活が厳しくても平気だった。

しかし逆に、そういう生活ができなければ、人間は病気くらいするだろう、と私はしみじみ思うことがある。私のまわりには、私より年が若くても、結婚した相手が望まなかったという理由で、家にいるほかはなかった人がけっこういる。しかしこの手の多くの妻たちは、家事以外の才能もあった人たちなのだ。だから、家にだけ押し込まれていれば、ウラミの感情も持つようになる。それが心のウミのようになって溜まり、病気という形で吹き出るのだ、と私はつい思いそうになるのである。

「悲しくて明るい場所」

孫が運動会で一等賞を取ったとか、わが家の柿《かき》が幾つなった、とかいうことを喜んで投書する女性が、高齢だと知ると、それにもがっかりする。その年になるまで、その人は何をして生きていたのだ。これは、悪意のある投書ではない。愛らしい投書である。しかし年とって愛らしいなどということは、少し困ったことだ。

こういう人は、いい年をして自己中心的なのだ。今も昔も自己中心だったのだろう。自分がしたことなら、すべて世の中の人は注目して当然、と考えて来られた幸福な人なのである。多分そういう人は美人なのだろう。

本当のことを言うと、自分の趣味と楽しみで投書などされてはたまったものではない。私は投書からたくさんのことを教わって来た読者だが、それは、文章の中に人生の深みや苦《にが》みを見、私の知らなかった経験や知識やものの見方を教わったからである。いい投書には、必ず、勇気ある独自の視角と、上品な自己抑制が感じられる。そしてその手の上質な投書を読めるのは、決して珍しいことではない。

健康でいる老人が、老後は遊んでいればいい、ということも、私には納得しがたい。老女は、働ける限りは家事をするが、老男は、女房が生きていれば、炬燵《こたつ》に座って何もしない。健康な限り、働かないものは食べてはならない、という原則は人間すべてに適用される。その共通の原則を受け入れてこそ、私たちはおいぼれではなく、普通に人間として社会で生きていることになる。「狸の幸福」

ほんとうの美しさの所在

ヨーロッパの生活は慎ましくて、若い娘たちは、決して高いハンドバッグなどは買わない。十万円を超えるようなハンドバッグは、「マダム」の持つものだそうだ。

しかし土地の娘たちもマダムたちも、それぞれに自分なりのお洒落をして存在感を示している。ことにマダムが美しい、ということで、私と友達は意見が一致した。若さだけなら、どんなにお肌の手入れをしていても、若い娘たちの方がきれいに決まっている。しかしマダムたちの魅力は、容貌と若さを越えたものなのである。

美しさの要因は、その人の絶対的な存在感だと言ってもいい。その人が、自分の過去の中で、喜び、悲しみ、裏切られ、愛され、失敗し、幸運を感謝し、多くの人に出会い、たくさんの人生を語り合って来たからこそその人に備わってきたと思える、静かで強烈な個性である。個性そのものは、善でも悪でもない。ただ限りなくその人である、というだけのことだ。それだけに、その人がそこにいる、というだけで、空間も心理も充たされる。その人がそこにいなくなったら、もう誰も後を埋めることはできないのだ。

(大阪新聞連載コラム 99.2.23「自分の顔　相手の顔」)

その食堂に、皺だらけの顔に丁寧にお化粧をして、昔風の天然真珠の七連の!　ネックレスをして帽子を被った老婦人が一人で食事をしに来ていた。その人は私たちが音楽大学を見学して帰って来た時もまだ、階下のロビーに犬といっしょに端然と坐っていた。

オペラでは、私の隣に品のいい新しい感じの夜会の服を着たやはり老女が坐っていた。この婦人は、アバドの熱狂的なファンであることが後でわかった。

人が何と言おうが、それが悪であろうが善であろうが、醜であろうが美であろうが、歴史の長い重い流れの中で、自分自身の人生を自分の好みと責任とにおいて設定し、それを生き抜く。国家と社会と個人に、そのような土性っ骨がないと、日本人のような工業生産品様式のクローン人間ばかりが増えるのである。

「部族虐殺」

自分が掛からない病気のことを軽々しく言うと叱られそうで黙っていたが、私の親しい友達が乳癌になった。乳房を取るということは決定的な悲しみで、死んでもいいから取りたくないという人の方が世間に多いように見えるが、彼女は果たして乳房など何ほどのことか、と思ったという。私は一定の年になって乳房や子宮を取ることがそれほどひどいこととは、どうしても思えないのである。もう子供もいて、その子にお乳をやる必要もない。今さら乳房も子宮も、まあ、たいしたことはないのである。外から露《あらわ》に見えるところに大きな傷跡が見えるなら少し気にもなるだろうが、私と同じでストリッパーでない限り、服を着ていれば、誰にも特に見られるということではない。

胸の張り方で愛されていたわけではないのだ。そんなちっぽけなもので比べられないほど、人間の魅力は、性格や知性や不思議な存在感の方が大きくものを言う。

「自分の顔、相手の顔」

スカートのホックが取れたままの中年女と、風を切るサラブレッドのような若い娘と、どちらがいいか、外見からは決まっている。しかしサラブレッドの娘には、人生の重みがない。悪の匂いも善の香もしない。サラブレッドは、馬車を引いたり、畑を耕したりするという現世が稀薄な故に、サラブレッドなのである。

サラブレッドはスターなのだ。しかし多くの人がいとおしみ生活の友と感じる馬は、大きな鼻の穴から白い息を吹き出しながら雪道を息せき切って重い荷を引いて行く輓馬《ばんば》の方なのである。

醜いこと、惨めなこと、にも手応えのある人生を見出せるのが中年だ。女も男も、その人を評価するとすれば、外見ではなく、どこかで輝いている魂、或《ある》いは存在感そのものだということを、無理なく認められるのが中年だ。魂というものは、例外を除いて、中年になって初めて成熟する面がある。　「中年以後」

ちょっとも悪いことをしたことのない人なんて、てんでおもしろくない。「上等のちょっと悪いこと」を私はいつもしたくてたまらないのだが、それには一朝一夕ではできない人間の厚みが要《い》るのでむずかしい。　「運命は均される」

人間は誰一人として理想を生きてはいない。理想は持ちながら、現実は妥協で生きている。我々の生きる現実、対面する真実は、理想にほど遠く、善悪の区別にも歯切れが悪く、どっちつかずである。しかしむしろその曖昧《あいまい》さと混沌《こんとん》に耐えることが、人間の誠実さと強さというものなのである。それに、或ることの醜さを自覚している限り、人間は決して本質的には醜くならない。

「二十一世紀への手紙」

人生の成功とは何か

「いい女」という言葉は、私が還暦を過ぎた我が同級生を見て初めて実感した日本語であった。幼稚園からいっしょだった同級生たちは、姉妹の顔を見るようで、もう美醜など判断の範囲を越えている。しかし、彼女たちが年と共に、決して他人の生き方にひきずられず、それでいて相手の立場に対する思いやりを残し、人を裁かず、深い慈悲も悲しみも弱さも居直りもすべてをユーモラスに自覚した女になっているのを見た時、私は尊敬をこめて、ああ彼女たちはいい女になった！　と思ったのである。

「神さま、それをお望みですか」

チャドには日本の大使館も商社もなかった。今どき、日本の商社が一社も入っていない、という国は……つまりその国には駐在員を置くほど買うものも売るものもない、ということだ。売るものがない、というより日本の産品を買える階層がほとんどいない、と言った方が率直でわかり易い。

ただそこにも日本人がいるにはいた！

日本人のシスターが六人である。それも驚いたことに、主力はほとんど「五十代かそれに手の届きそうな年代」であった。ということは、当時の私より少し若い世代ということだが、私は日本で同じような年代の女性たちがどんな暮らしをしているかを考えると、あのアフリカの日本人シスターたちの健やかな身と心に、深い尊敬を覚えずにはいられない。

日本の五十代の女性の中には、この豊かな日本に暮らしながら、恐怖に満ちている人がいる。血圧の上がるのや持病を恐れ、親戚に悪口を言われるのを恐れ、もっと年をとってからの経済的貧困を恐れ、息子夫婦との関係の悪化を恐れていた。しかしこの決して若くはないシスターたちは、恐れるものがないようだった。いつ死んだっていい、と言ったら不正確になる。人間誰でも死ぬとなったら避けたいと思うだろう。しかし体の不調をしきりに訴え、医者巡り、按摩《あんま》鍼《しん》灸《きゆう》に時間を費やし、健康食品漁《あさ》りに熱中する日本の経済的に豊かな「奥さま」方とはどこかが少し違うのである。強いて言えば、心のどこかに、同じ死ぬなら死にがいのある場所と状況で死ぬことを望んでいる人たちなのではないかと思えることはあった。

「神さま、それをお望みですか」

人が見捨てているものの中に才能や美を見出すのは快楽だと、真木子は言う。

「僕もね」

と翔はいい気になって言った。

「もの拾って使うのうまいのよ。汚いものはきれいに磨いて、それに少し細工して、みんなびっくりするようにしちゃう。そういうものは、この世に二つとないでしょう。この世に二つとないから大事なんだ、っていう幼稚な感覚が僕は好きなのよ」

翔は自分の感覚を、時代遅れだと思う時はあった。前世紀までは、地球は明らかに芸術家と職人の時代だった。しかしそれでは、芸術と職人芸を身近に置いて楽しめるのは、ほんの数人の富裕な権力者に限られてしまう。

しかし今世紀になって、初めて社会は、コピーの時代の到来を可能にした。一人のパトロンが才能のある画家や彫刻家を抱え込むのをやめて、一つの名作があれば、その精密なコピーを作って、皆が享受する時代になったのである。そんな時代になっても、まだ翔の趣味は、一人の職人が作ったたった一つの作品に執着しているのであった。


「夢に殉ず（上）」

「積極的に決心してくれて、僕は嬉しいな。若い時にしかこういう場所では働けないもんだから」

「もう若くはないんですけど」

「それなら、最後のチャンスでしょう。どんなことでもいいんだ。心に深く残るような生き方をすればいいんだ。そうすれば、あなたの生涯は決して失敗じゃない」

「極北の光」

「おい、お前は以前、どんな生活をしてたんだ?」

と翔は飼犬のオジヤに尋ねることがあった。

「どうせ捨てるような飼い主だから、ろくなものも食わせてもらってなかった、と思うのが普通だけど、愛情がなくても、このごろじゃペットに贅沢な生活をさせるうちはあるんだってな」

オジヤは翔が話しかけると、喜んでひいひい啼《な》くだけで、決して過去を匂わせない。

「犬にも劣る人間はよくいるよ。昔はよかったっていう自慢話か、ひどい目に遭ったっていう愚痴か、そのどちらかしかしない奴はけっこういるからな。その点、お前は昔のことを一切語らないからよろしい」

オジヤは、かまってもらえれば、ただ嬉しいのである。今が嬉しくてたまらない。過去を振り返らず今が嬉しくてたまらない人間なんて、そんなにいるもんじゃない、と思うと、翔はオジヤを生活の達人だと崇《あが》めるような気になった。

「夢に殉ず（上）」

私の考える「成功した人生」は、次の二つのことによって可能である。一つは生きがいの発見であり、もう一つは自分以外の人間ではなかなか自分の代替えが利かない、という人生でのささやかな地点を見つけることである。

「二十一世紀への手紙」

○私の「ほどほど」メモ

出典著作一覧（順不同）

【小説・フィクション】

二十三階の夜（河出書房新社）
「父よ、岡の上の星よ」（河出書房新社）
寂しさの極みの地（中央公論新社）
燃えさかる薪（中公文庫）
讃美する旅人（新潮文庫）
テニス・コート（文春文庫）
極北の光（新潮社）
アレキサンドリア（文藝春秋）
ブリューゲルの家族（光文社）
夢に殉ず（上）（朝日新聞社）

夢に殉ず（下）（朝日新聞社）
飼猫ボタ子の生活と意見（河出書房新社）

【エッセイ・ノンフィクション】
人はみな「愛」を語る（三浦朱門氏との共著／青春出版社）
私日記1　運命は均される（海竜社）
部族虐殺（新潮社）
中年以後（光文社）
自分の顔、相手の顔（講談社）
七歳のパイロット（ＰＨＰ研究所）
悲しくて明るい場所（光文社文庫）
ほんとうの話（新潮社）
湯布院の月（坂谷豊光神父との往復書簡／毎日新聞社）
狸の幸福（新潮文庫）

神さま、それをお望みですか（文藝春秋）
悪と不純の楽しさ（ＰＨＰ文庫）
二十一世紀への手紙（集英社文庫）
流行としての世紀末（小学館）

【新聞、雑誌連載】
大阪新聞「自分の顔　相手の顔」（他、産経新聞、北国新聞）
週刊ポスト「昼寝するお化け」（小学館）
Ｖｏｉｃｅ「地球の片隅の物語」（ＰＨＰ研究所）

本書は、二〇〇〇年二月、小社より単行本・『安心録「ほどほど」の効用』として発行された作品を文庫化したものです。

カバーデザイン　大竹左紀斗
カバー版画　小林裕児
（ギャラリーイセヨシ提供）

安心録　「ほどほど」の効用

一〇〇字書評

切り取り線

購買動機（新聞、雑誌名を記入するか、あるいは○をつけてください）	
□（　　　　　　　　　　　　）の広告を見て	
□（　　　　　　　　　　　　）の書評を見て	
□ 知人のすすめで	□ タイトルに惹かれて
□ カバーがよかったから	□ 内容が面白そうだから
□ 好きな作家だから	□ 好きな分野の本だから

●最近、最も感銘を受けた作品名をお書きください

●あなたのお好きな作家名をお書きください

●その他、ご要望がありましたらお書きください

住所	〒				
氏名		職業		年齢	
新刊情報等のパソコンメール配信を 希望する・しない	Eメール	※携帯には配信できません			

あなたにお願い

この本をお読みになって、どんな感想をお持ちでしょうか。

この「一〇〇字書評」を私までいただけたらありがたく存じます。今後の企画の参考にさせていただきます。

あなたの「一〇〇字書評」は新聞・雑誌などを通じて紹介させていただくことがあります。そして、その場合はお礼として、特製図書カードを差し上げます。

前頁の原稿用紙に書評をお書きのうえ、このページを切りとり、左記へお送りください。住所は不要です。

Eメールでもお受けいたします。

〒一〇一‐八七〇一
祥伝社黄金文庫　書評係
ohgon@shodensha.co.jp

祥伝社黄金文庫

安心録《あんしんろく》 「ほどほど」の効用《こうよう》

平成16年9月5日　初版第1刷発行
平成23年4月30日　　　第3刷発行

著　者　曽野綾子《そのあやこ》
発行者　竹内和芳
発行所　祥伝社《しょうでんしゃ》
〒101－8701
東京都千代田区神田神保町3－6－5九段尚学ビル
電話　03（3265）2084（編集部）
電話　03（3265）2081（販売部）
電話　03（3265）3622（業務部）
http://www.shodensha.co.jp/

印刷所　萩原印刷
製本所　ナショナル製本

　ISBN-4-396-31356-X C0195

祥伝社黄金文庫

遠藤周作

生きる勇気が湧いてくる本

人生に無駄なものは何ひとつない。人間の弱さ、哀しさ、温かさ、ユーモアを見続けた珠玉のエッセイ。

遠藤周作

信じる勇気が湧いてくる本

苦しい時、辛い時、恋に破れた時、生きるのに疲れた時…人気作家が贈る人生の言葉。

遠藤周作

愛する勇気が湧いてくる本

恋人・親子・兄弟・夫婦…あなたの思いはきっと届く！　人気作家が遺した珠玉の言葉。

遠藤周作

私のイエス

イエスは、なぜ、十字架上の死を選ばねばならなかったのか…衝撃的な奇蹟、戒律、原罪の謎をやさしく解明する。

斎藤茂太

いくつになっても「輝いている人」の共通点

今日から変われる、ちょっとした工夫と技術。それで健康・快食快眠・笑顔・ボケ知らず！

斎藤茂太

絶対に「自分の非」を認めない困った人たち

「聞いてません」と言い訳、「私のせいじゃない」と開き直る「すみません」が言えない人とのつき合い方。